오늘밤은 리스본

황금알 시인선 303

오늘밤은 리스본

초판발행일 | 2024년 11월 27일

지은이 | 김영찬
펴낸곳 | 도서출판 황금알
펴낸이 | 金永馥
주간 | 김영탁
편집실장 | 조경숙
표지디자인 | 칼라박스
주소 | 03088 서울시 종로구 이화장2길 29-3, 104호(동숭동)
전화 | 02)2275-9171
팩스 | 02)2275-9172
이메일 | tibet21@hanmail.net
홈페이지 | http://goldegg21.com
출판등록 | 2003년 03월 26일(제300-2003-230호)

오늘밤은 리스본

김영찬 시집

황금알

자이나 교도들은 밤에 잠행이 아니어도 빗자루로

길을 쓸며 장도에 오른다.

빗자루 대신 밤의 피크닉상자를 든 나는

'아낭케'

깊은 밤의 테라스에 외등을 켜둔 채 어둠을 건넌다.

*옥탑방 라그랑쥬에서 '24 여름 *enchanted* ㅊ°

차 례

2부 죽어가는 이 왈츠를 받아줘!

1부

푸석푸석한 나라의 푸수수한 국경을 건너뛰다가

라 볼바시옹*la volvation*

아가씨,
까만 눈동자의 깊은 밤 아가씨
숱 많은 머리카락 그 하나만 뽑아서 나한테 선물로 줘요
그 영혼의 그 밤길
거기
바람의 서쪽
달의 동쪽
100만 분의 1초 만이라도 그 발길 머물러 초승달 샤방샤방
쉬었다 갈 수 있도록

나의 고독은,

나는 주전자처럼 고독하다 나는, 독 짓는
늙은이처럼 고독하다

나는 모기 눈알처럼 고독하다
나는 난, 자동차 뒷바퀴처럼 고독하다 나는 왜 이렇게
고독한가

나는 시를 쓸 때만 고독하다 나는 나
시를 쓰고 나서도 고독하다

이 고독은 어디서 값비싸게 오는가 그걸 몰라서
근본을 알 수가 없어서
고독하다고 말할 수 없어서
고독하다

고독이 왜 값비싼 것인지 그런 걸 생각하지
않기로 한 것이 고독하다
시인은 나에게
'나는 터널처럼 고독孤獨하다'고

엄살을 피웠다

거짓말!

터널을 찾아내 터널 깊숙이 들어가 터널에게 물어보니
터널은 고독과 친한 적이 없다고
딱 잘라 말한다

라틴 아메리카의 터널은 달랐을까
산티에고의 고독은 산티에고를 위해 유별난
것이었겠지

나는 정말이지 주전자처럼 고독하다 주전자 속에
끓고 있는
돌멩이처럼 고독하다

'고'는 덩어리질 고固 피고름 고膏와 가깝지 않아도
독버섯처럼 외롭고
높고

쓸쓸하지만
'독'을 단박에 삭히려고
독 짓는 이의 달항아리
달항아리 속에 들어찬 달빛 못지않게
고독하다

타락을 타락시킨 고슴도치의 도취

색소폰과 섹스
수레바퀴와 수레국화의 이질적인
결속
속수와 무책의 끈질긴 관계는 어째서 속수무책
빌붙어 끈적거릴까

이른바
화전충화花田衝火
꽃밭에 꽃불 지피는 화전놀이가 아니고는
빗금 그어진 재채기일까

타락을 타락시켜 터럭의 털끝까지 털어내기 위한
고슴도치 영혼의 깃털
한 묶음

검은 발등에 솟은 눈물

검은 발등에서 깨끗한 눈물에 이르기까지
*"눈물은 인간이 만든 가장 작은 바다이다"** 라는
말이 귓가에
닿기도 전에 재빨리 나의 입술을 겁탈하는 해일이

문장 전체를 집어삼켰다

백장미 그룹*Die Weiße Rose**을 아시는지

우아한 침묵, 이어야 한다고 돌무더기에 새기듯
꾹꾹 눌러쓴 문맥을 나는
　　왜 신경질 부리듯 북 찢어버리고
애먼 책상다리 들먹였던가

어물쩍, 어설픈 결심이 뭉게구름처럼 흩어지고 황량한
　　불모지에 비바람 몰아친 날들

어둠의 모서리를 강타하는 파도가 다시 거세게 인다

아무렇지도 않은 척 고답적인 저녁이 슬금슬금
불안정한 행복의 뒷주머니를
챙길 때
    나는 배고팠다

폭풍에 둥지를 잃은 메추라기처럼 움츠러든 나는
질끈 감았던 눈을 홉뜨고
결심한 듯
    일어선다 새로운 골디락스 존*Goldilocks zone*을 찾아
머나먼 우주로 길 떠나는 개척자처럼

그토록 불온하고도 거칠었던 순정, 순결하였던
사랑 하나 끝까지 사수하기 위해
온전히

    섬 하나를 가슴에 품고
      저기 저
눈물은 뜨거운 배꼽을 건너야 한다

마치 밀항자처럼
백장미 꽃잎에 새긴 명문장 하나하나가 해안을 적시고
검은 발등 엄숙히 접수하였듯이

* 테라야마 슈우시寺山修司의 시, 「나의 이솝」 중에서
* 뮌헨대학 학생과 교수가 결성한 순결하고 거룩한 구국단체.

알락꼬리마도요의 갓차_Gotcha_*, 득템력

저도요, 라는 이름의 도요새에게는 애초부터
반공일이라곤 없었다
하지만

저도요, 라고 말할 수 있게 된 나그네새에게 요즈음
남의 둥지에 슬쩍 탁란할 수 있는
공휴일이라는 게 생겼다

뭔 얘기야, 그 건?

알락꼬리마도요는 그런 걸 알고 있었지만 어찌 된 영
문인지
　무관심한 척
　Gotcha power, 득템력!

저도요, 라는 도요새는 어쨌든 날개를 자주 접고
언제든 쉬고 싶을 때
쉬지만
저도요, 라고 나서게 될 땐

알락꼬리마도요가 억세게 빠른 도움닫기를 부추기는
바람에
　황망한 토요일 밤을 건너
　일요일의 야멸찬 아침햇살 퍼지는 곳까지
　심장 뛰게 된다

　알락꼬리마도요가 황금빛 날개 휘젓는 저기
　먼 곳

* 갓차*Gotcha* : got you의 연음 축약형. 너 딱 걸렸어!

그리하여 숲이 숨어서 숲길 감추었다

왕년의 뽈 베를렌이 왕창 젊고 싱싱한 그의 애인
아르뛰르 랭보를 겁주듯
구경 7mm 6연발 권총 리볼버
그것으로 설마

날개 불안정한 어린 새를 쏘지는 않겠지

그게 궁금하면
일상을 문 닫아걸고
서너 달쯤 태업을 하거나
이제라도 양자역학 퀀텀이론에 열 올려볼 필요가
있을 거라네

내 사랑 수나 오귀스티나를 위해
아께야스 빼껜야스 꼬사스*Aquellas pequenas cosas*를 어
떻게 발음해야
원어민의 속마음까지 속속들이
전달할 수 있을까

아케야스 패켄냐스 코사스로 읽어도 된다고?
'그 사소한 것들'에 대한
사사롭고
사치스럽고도

싱거운 질문은 싱겁게 끝난다

Aquellas pequenas cosas, 그 사소한 것들의 열정을
인정받지 못한다면
뚜 띠엔네스 라손*Tu tiennes razon*(그대 말이 맞아!)

그대가 한 말이 그럼 맞는 거라니깐
맞는 것 같지만

그대가 바로 그것이다*Tat tram asi*
탓 트람 아시!
그대가 바로 브라만이자 아트만인 것 맞고말고!

라캉 대신 새우깡이나 앞니로 부수며

조미된 과자 부스러기가 포화지방산으로 침착하는
10월의 주말

금요일의 정오가 슬렁슬렁
숲을 흔들고
그리하여
불충한 개똥철학이 가야 할 길 머뭇머뭇 숲길 헤맨다

니체의 별

니체를 풀밭에서 침실로 옮긴다 달그림자
찌걱거리는 소리
니체가 나체裸體로 날바닥에 눕는다

니체를,
벌거숭이별 하나를
어떻게 안착시켜야 오늘 밤 잠이 잘 올까

니체의 나신裸身을 끌어안고 침대에 덜컹 눕는다

한밤중에 핀 쑥부쟁이 꽃들이 쿵쾅쿵쾅
온몸에 폭죽 터진다

니체가 꽃 핀다

프레베르 벤치 위의 모자*

아무도 없는 오후
벤치 위에 모자 하나가 앉아있네

모자를 눌러쓰고 모자와 함께 여기에 왔던 이는
휙 돌아서 가고

빨간 모자만 혼자 남아 얼굴 빨갛게
움츠리고 있네

아무것도 안 본 척, 모르는 척
벤치 위에 웅크린 모자를 에둘러 돌아서 나는
일부러
먼 길로 걷네

남의 사생활 따위는 안중에 없다고
그냥 빛바랜 갈색 벙거지였거나 찌그러진 몰골이었다고
읽던 책을 덮었지

깊은 밤 내 머릿속에서 뚜껑 열고 나타난 빨강 모자

그 모자가 돌연
책상 위로 굴러떨어지네

아무도 없는 도심공원 프레베르 벤치 위에서
낮에 봤던 분명한
바로 그 모자

* 자끄 프레베르 : 「절망이 벤치에 앉아있다」

아낭케anatkh, 밤의 피크닉상자를 열고

어떤 밤은 어떤 밤의 피크닉상자를 끼고 덜거덕 덜거
덕 졸면서
산음승흥山陰乘興
산음에 흥겨워
스웨기swaggie 스웨거링swaggering
아흐렛날 흩어진 달빛 아래
흘러갈 뿐이다

이런 날
이티비티 티니위니 비터브 타임itty bitty teenie weenie
bit of time
흥진이반興盡而反이면 뭘 어떻고

뜬금없는

스웩swag
스웨기swaggie
스웨거swagger들의 실력 없는 거들먹거림

밤을 모르는 부랑아들은 아무도 모르는 밤에 아무것도
모르지 단지

밤을 좋아해야 할 이유를 묵살하고
아, 아낭케*ANATKH*
밤에
밤의 블랙박스를 발로 걷어차며 삐뚤삐뚤 걷는다
걷다가 허풍쟁이와 만나면 밤길에
최대한의 허장성세
가령 자투리 시간까지 빈 술병 비워내는 간다르바
gandharva,
건달바乾達婆들의 핑계 좋은 일탈
살찐 엉덩이만 흔든다

이런 때 나는 각촉부시刻燭賦詩,

모든 걸 차치하고 사타구니에 불길 솟는 기분
마이아스트라Maiastra에 황금빛 날개를 접은 '금의
새'처럼 웅크리고

포란抱卵하는 시를 쓴다

교령회交靈會의 스마우그*Smaug the Golden*들처럼 SF무
대를 단박에
 장악하는 시
   그래, 세상을 제멋대로 내 맘대로 재구성해야 직성
   이 풀리지
   아마도, 아마 느그들 뜻대로 그렇게 되진 않겠지
   그렇게는 안 될 거야, 아마도 아마
   느그들 멋대로

 홀대받는 외지인 포가니*Pogany*는 루마니아 태생
 그녀의 촌스럽게 쪽찐 머리 시뇽*chignon*의 정결함, 절
박한 상황에도
 두 손 모은 숭고미
 나는 왜 그토록 염결한 초절주의에
 둔감할까

 ―조타수 없는 방향타

그대 위해 언제든 랜덤액세스*random access*가 가능토
록 도와다오

그대 울타리로 들장미가 월담하듯이

그대 밤의 영역에 쌓이는 사사로운 고독감의 피로에

나도 물들고 싶다

노에시스 – 노에마?

농담이시겠지

노에시스*noesis(의식작용: 노에마가 일시 정주dwell하는 과정)*

노에마*noema(의식의 지향점: 결과)*에

주사위를 던진

상제나비*swallowtail butterfly*에게는 공유개념이라는 게
없다

그렇잖고, 사랑의 대피소란 서로에게

무의미한 것

가령 귀소본능 없이도 마카로니웨스턴 영화필름 속에
올연兀然한

총성이 캉, 캉, 캉,

황야의 어둠을 뚫고 방점만 찍을 뿐

건방지게 휘어진 콧수염을 과시하며 존 업다이크는 오
늘 밤에도
공복에 9시 반의 당구를 칠 것이다
나는 가끔 내 각촉부시의 습작 관행에
달의 서쪽
과
바람의 동쪽을 분명히 선 그은 다음 머릿속을 휑하게
빈터로 비워둔다

자유방임 무방비로 방종해도 될 때를 가정하면
동고비는 알을 낳고
두꺼비는 두껍두껍 논두렁을 뛰어넘어도 아무 상관없
잖은가
그러므로 허리 아픈 체위란 무모한 짓
허드렛일 치고는 체력소모가 아깝더라도 하찮은
벌레 한 마리라도
허리 다치지 않게 배려하는 마음이

곧 천국이다

소심한 자이나 교도들은 밤길에 무거운 피크닉상자 대
신
가벼운 빗자루만 들고
길바닥을 쓸며 조심조심 장도에 오른다

그래, 우린 자이나 교도가 아니지

칼을 찬 나는 피크닉상자를 들고 웃체다 와다*uccheda
vada*, 단멸론자로서
아나크*anarch*
아나키*anarchy*
아나키스트*anarchist*만의 고집스런 행보
아낭케*ANATKH*의 신성을 위하여
물벼락이라도 맞을 수 있다

아르헨티나의 빅토르 뚜르비아노는 평화를 위한 조건
없는 대안

(절대로 그는 시를 쓰지 않았다)
우주의 고요함에 값비싼 향수를 뿌리는 대신
질문 없이도 가능한
대답
프라나prana 호흡법을 전수시켰지

흰 개의 꼬리와 흰개미의 더듬이 기능을 둘 다 갖춘
한 여인의 행적이
사라진 풍경 속에 되살아난다
그러면 뭐가 달라지는가?
누군가는 이 시간
개목걸이를 들고 어둠의 골짜기에 들어간 뒤
나오지 않는다

그때부터 나는 여인과 흰 개 중 어느 쪽이 행간에 잘
숨어
비유로 풀리는지
결과를 보기도 전에 산음山蔭에 승흥乘興
밤의 테라스에 외등을 켜둔다

빛나는 밤의 소격효과疏隔效果 시의 안녕을 위한 등업

패스워드password를 바꾸고

id를 변경한 피크닉상자 속에서 밤은 거대한

귓불 늘어뜨린다

사랑이라는 글자와 고양이라는 글자를 바꿔 써보자*

테라야마 슈우시寺山修司는 그의 시에서

"사랑이라는 글자와
고양이라는 글자를
바꿔 써 보자."라고 너스레를 떨다가 결국 객사客死로
요절났다

"달 밝았던 그 밤 함석지붕 위에서
한 마리의 사랑을 발견하고
나는 완전히
그대를 고양이하게 되고 말았다"라고 아방가르드적 기지를
발휘한 테라야마 슈우시

"그리고는 브랜디를 한 잔 기울일 적에
사랑은 나의 곁에서 수염을 움직인다"라고 그는 썼지
그랬는데, 분명히

그렇게 쓴 것을 아는데 나는 왜 봄비 흩뿌리는

교대역 13번 출구 앞
한 남루한 커피숍 창가에 맥없이 기대앉아
고양이라는
지독히도 낡아 못 쓰게 된
단어 하나에
그렇게나 깊이깊이 몰두하는가?

지중해의 턱받이 마르마라*Marmara* 해협을 떠돌던 목
선처럼
비에 젖어 움푹 팬 물웅덩이
보도블록에 딱딱하게 찍히는 발자국을
사랑의 눈으로 크게 뜨고
그다지도 깔끔히
'고양이하게' 째려만 보았던 이유가 무엇이었을까

※ 테라야마 슈우시의 시詩

미미끄 지뢰밭 아상블라주*mimique assemblage*

전쟁이란 절대로 없어!
그 애가 내 콧날을 금방 뭉개버릴 듯이 다그친다
뭐라고?
나는 검은 눈만 껌벅인다

두고 봐, 전쟁이 청미래넝쿨 뻗듯이 너의 집 담장을 침범
창틀을 먹어치울 거야
그런 뒤
침실까지 접수
단잠까지 깨부숴 폭식할 테니!

70년간 족저근막염을 앓아온 아이가 어른이 되자마자
사과나무에 올라간다
우듬지에 올라가 탐스런 사과 알 대신
썩어 문드러진
대전차지뢰 뇌관을 따들고
나뭇등걸 아래로 내려선다

지독하게 끈질긴 휴전상태가 100여 년간 지속되었다

지겨운 평화
전쟁을 입도선매하자는 주장이
나돌기도 한다
하지만 배부른 자들은 당장 어떤 변화도
원치 않는다

전쟁놀이에 싫증 난 아이들만 전쟁 수강신청을 포기하
고
장난삼아 지뢰밭에 들어갔다가
죽은 까마귀 발자국을
들고나온다

기관총 총구에서 화약 냄새 대신 사과 향이 풍긴다 그게
뭐가 이상하냐고
코를 벌름거리는 아이들에게
그러나 전쟁은 결코 철수하지 않는다

장기주둔 중인 정크아트*junk art*가 찌그러진 그림자 늘
어뜨리고
　　그믐달 뒤에 숨는다

* 미미끄*la mimique* : 몸짓, 몸짓언어

썸머타임 프리패스*Summertime free pass*

나는
나는, 나다
나니나니 니나나 나는 나와 다른 별종

각자의 느낌 그대로 우리는 서로 다른 최애最愛를 위하여
'질문이 답이 되어 돌아올 때'를
기다린다

기다리고 기다리다 지쳐서 기다림의 생크림 녹는 조갈
증
레게노, 레게노
레전드*legend*의 영웅적인 손동작의 끝
거기에
킹리적 갓심만 남겨 놓고

음, 음, 음 으음 글쎄요~, 글쎄

(king이라는 이치에도 안 맞는 니가, 그대가 갓*god*심
어린 갓을 쓰고 적나나赤裸裸한 적개심의 발로發露 그것이

바로 '합리적 의심'이라고 우긴다면,)

　테레제 말파티에게 물어보나 마나
　귀먹은 베토벤은
　엘리제한테도 가보라고 심지어 귀차르디한테도 똑같
이
　피아노 소나타를 쓰겠지

　니나니나 니니니~, 니들은 느그들만의 아가페

　얼음의 정령들은 바닐라아이스크림이 되어 녹는다
　헤프게 녹는다
　혀끝에 빨려 들어가 북반구의 반대쪽 이빠네마 해수욕
장의 파라솔 아래
　금세기 들어 가장 게으르고 무책임한
　1월의 태양과 맞닥뜨릴 것이다

　니나니나 니나나 챙 넓은 차양모자로 이마를 가리고
　슬프도록 아찔한 키스

난생처음 검게 탄 알몸에
전신의 립스틱 자국을 새길 것이다

니나니나 니나나~,
슈바빙은 안개 자욱한 전혜린의 페른베*Frenweh* 거기서
태양을 향해 마지막 불화살을 쏘아 올린
나는, 우리는
내남없이

먼 곳에 정겹지만 짜릿짜릿한

추문같이 추하고도 나른한 시간만 시시껄렁
어쭙잖은 문법 그대로
눈웃음 꺾이는 썸머타임*summertime*
썸머타임 프리패스*free pass*!

마라케시의 구둣방

나뭇잎을 붉게 물들여 무엇 하시게요 멀쩡한 종이에
글을 남겨서 뭐 하시게요?

낯선 곳에 가서 구두 탓만 한 것 부끄럽다

가고 싶은 곳으로만 나대다가 구두 굽 닳아 없어지면
더 이상 갈 수 없다고 삐쩡
길바닥에 나뒹굴 때
바보 멍청이 같았던 헌 구두가 오히려 똑 부러지게
철학자답지 않던가

　붉나무는 가을이 오기 전엔 절대로 낯붉히지 않는다
　알면서도
　바보 얼간이처럼 헌 구두 탓이라니

　　오늘 일과는 끝, 잘 가라!
온종일 나를 따라다닌 발자국들아, 너희도 이제 좀
　　쉬어야 하지 않겠니
*Good Night*이라고 말하기엔 낯 두꺼운 시간이

구두 밑창에 깔린다

자, 이제 불편했던 대낮에게 이만 안녕!
나를 따라온 그림자와 함께 꺼져줘, 라고 함부로 말하
는 건
　　　　함부로 예절 없지만

이것 봐요, 헛똑똑이 아가씨! 구두코가 언제 어떻게
닳는지
붉나무가 언제 단풍들어 얼굴 붉히는지
물비린내에 콧등 깨질 일만 남았다

개똥지빠귀 꼬랑지에 묻어난 연휴는 대책 없이 떠밀려
가고
시시콜콜 따지고 살아야 할 이유가
뭐냐고 묻는다면

꽃의 이름으로 꽃향기 뿌리고 다닐 명분을 찾아서

사막체험 1박 2일 코스

마라케시 – 메르주가 – 마라케시

사막 · 유목민 천막체험 2박 3일 코스

마라케시 – 메르주가 – 페스

　오늘 밤 마라케시로 떠나 나의 생애 가장 저급한 가죽신을
경배하기 위한
구둣방부터 찾을까

2부

죽어가는 이 왈츠를 받아줘!

비 오는 날의 우리 *Suna**

*Suna*가 나를 잊고 나는 *Suna*를 잊은 적 없다고
우기니까 비가 온다

잊지는 않았지만
모르는 척하니까 비가 온다

구름 낀 입천장에 마른기침 *Suna*를 잊을만하면
오지 않던 비가 한사코
내린다

생각은 먹구름 뚫고 오는 것
오늘의 빗속으로 오늘의 우산장수가 지나간다

우산의 바깥이란, 잃거나 잊을 것 없는 곳
*Suna*가 우산을 들고 서 있으니까
하는 수 없이 비가 온다

* *Suna* : 조향(본명 조섭제)의 시 「*ESQUISSE*」의 주인공 '*Suna*'

짐 자무쉬에게 묻고 싶지 않은 질문

버스 운전사 패터슨의 아내 로라는
행동예술가이자 요리사, 아기 대신 애완견을 키웠지
버스운전을 쉬는 자투리 시간에
패터슨은 틈틈이 시를 썼고
잠꾸러기 아내는

페르시아의 왕자가 된 남편 패터슨이 은색 코끼리를
타고 거들먹거들먹
시타델*citadel*을 활보하는 꿈을 꾸다가
늦잠 깬 날도 있었지

패터슨 왕국의 대형버스를 모는 대신 패터슨 부부가
넉넉히
등 기대고도 남을
거대한 코끼리 등짝을 소망했던 듯

퀴노아 샐러드 요리 솜씨에 기타 연주까지 곁들여
여가를 즐기는 로라는
윌리엄 카를로스 윌리엄스의 시를

선호할 수밖에 없지

책꽂이에는 월레스 스티븐스의 시집도 꽂혀 있지만
가령, 윌리엄 카를로스 윌리엄스의 시에
이런 것도 있기 때문이지

　　냉장고에 있던/ 자두를/ 내가 먹었다오// 아마 당신이/
　　낼 아침상에 차려놓으려고/ 아껴 두었던 것을//
　　용서해요/ 그 자두가 어찌나 달고/ 맛있고/
　　또한 차갑던지

짐 자무쉬가 스크린 뒤에서 말하고 싶은 것은 무엇일까
잔잔히 흘러가듯 사는 방식이
모범적인 거라고?
불협화음도 조용히 아이스크림처럼 녹일 수 있어야
금슬 좋은
부부가 되는 거라고?

시시껄렁한 질문을 차치하기 위해 진눈깨비 질퍽거리

는 극장 밖
　퇴계로 선술집에 앉아
　훌쩍훌쩍 울듯 마신 깡소주에 대취하여
　집에 갈 생각만 버스 태워
　먼저 보냈네

늑대별이 웃다

휴지 한 장만으로도 치부를 충분히 가릴 수 있다

마른 휴지 두 장이면 부끄러운 곳 전부
또는,
감추고 싶은 곳만
숨길 수가 있다

마술의 물수제비
물에 젖지 않는 휴지 한 토막
―그러나 나는 한때 바람의 친구였지

늑대별 건너편 세상에는 무슨 수수께끼가 작패 없는
퍼즐을 맞추라고 손가락 비틀까

타로점을 보고
타락의 극치를 위장하기 위해서
에티카의 응답
윤리의 그늘로 찾아가 거기 윤락의 붉은 머리카락들을
손수건에 입 가리듯 까닥까닥

숨기면 된다?

그러나 나는 한때
바람의 친구였을 뿐
바람의 발바닥을 슬프도록 차갑게 핥아줬을 뿐!

꾸꾸루 꾸꾸~, 그라나다*의 비둘기

꾸꾸루*cucuru* 꾸꾸*cucu*~ 그라나다의 비둘기는
안전핀 없는 수류탄을 부리에 물고
드넓은 안달루시아 평원을
수평 활공한다

시에라 네바다*Sierra Nevada* 산맥은 푸른 눈썹 좁은 이
마에
빙설氷雪을 얹고
가끔 큰기침
비둘기의 진로를 가로막을 듯

유태인의 일요일은 거울 속에 있다,라고 거울 속의
일요일을
푸념하다가 강물에 몸을 던진
루마니아 태생의 정결한 시인 파울 첼란의 안색이 저
러했을까

적의를 품어야 할 독일어를 모국어로
가슴에 안고 시를 쓴

파울 첼란
그는
네바다의 차가운 겨울을 만나본 적이 있을까

네바다는 결코 추억을 추억하지 않는다
뭐라고?
스페인내란을 잊어버리라고!

네바다는 고개를 크게 가로젓는다

시에라네바다는, 페데리코 가르시아 로르카를 허리에
묻어주느라
머리 하얗다

젊은 시인의 피 붉은 심장을 수렴한 네바다가 처음엔
침을 뱉었을 거라고?

천만에, 나는 당최 모르는 일
살바도르 달리의 그림 속에서 한때 동성애 연인이기도

했던

　시인 로르카의 격렬한

　육성은 그런데 지금 어떻게 변주되는가?

　네바다는 미간을 찌푸린다는 걸 캐묻기 위해

　그라나다*의 석류石榴를

　수류탄手榴彈으로 사용할 셈인가!

　네바다의 골짜기에서 헤밍웨이는 아직도 장총을 겨누

고

　에스파뇰 비둘기가 꾸꾸루 꾸꾸

　마요르 광장을 날아

　〈페데리코 가르시아 로르카 그라나다 하엔공항〉* 활

주로를

　접수할 듯이 활개 치지만

　—수류탄 투척만은 안 되고말고, 절대로 안 되지!

　하늘이 완고하게 드높아서 귀가 쩌렁쩌렁

알바이신 골목이 무겁게 뒤흔들렸다가 진동을 멈추어
도
비둘기 깃털처럼 가볍게 펼쳐지는
사라센의 발길

* 그라나다*Granada* : 1. 옛 사라센의 수도 이름. 2. 수류탄a hand grenade.
* 시인 페데리코 가르시아 로르카*(Federico García Lorca, 1898~1936)*의
  이름을 딴 안달루시아의 공항 이름. 약칭 F.G.L. 그라나다 하엔 공항
  (Aeropuerto F.G.L. *Granada-Jaén*).

장미 스물셋과 데이트

가자, 장미 스물셋아 산책가자!

내 제안이 이처럼 맨송맨송 싱거워진다면 우리는 조금씩
소홀해지거나 하릴없어지기 시작한 거겠지

산보나 가자고
내가 네 얼굴 아닌 가슴에 대고 노크했을 때
I have to take a rain check,
다음에 보자고 장미의 언어로
너는

만나고 헤어지는 일이 그렇게나 억지로 엮이는 게 아니라는
표정을 지었지

장미 스물셋아,
예상 보다 훨씬 더 심각하게 시간은 무섭도록 무방비
아무런 의미도 대책도 없이 흐르고 있어!

그렇겠지, 장미는 스물셋 스물넷 손길 무뎌지고

스물대여섯 무렵 너는 꿈 밖으로 아주 먼 길
쉽게 잊혀질 곳에 가 닿겠지

들끓는 속내는 그래, 그래 장미 스물셋의 순결이 고조돼
가장 빛나는 영역
싱그러운 그 숫자를 머리에 핀 꽂고
장미 스물셋아,
나랑 같이 산책이나 가자!

떠나서, 스물세 송이 바람의 이야기를 장미의 뜰에
묻어두고 오자!

누낭涙囊의 뱃길

루스티코 루스티카나
루스티코의 뱃길
누낭에 갔다

멀고 먼 누선涙腺을 따라 누선涙船에 실린
눈물방울의
항로

누낭涙囊은
닿을 수 없는 항구

목선에 과적한 고답적인 음률을 순풍에 맡겨
고즈넉한 항해여

루스티코 루스티카나 눈물이 방울방울
거센 해일이
갑판을 덮쳐도
누항陋巷의 뱃사공들은
두려움을 모른다

눈물의 근원지
루스티코
루스티카나 누안淚眼은 누안累安,
슬픔이 잠시 멈췄다 떠나는

속눈썹 그늘의 오아시스

* *rustico, rusticana* : 목가牧歌풍으로 은은하게

나의 시작노트에 적힌 압운은 이렇게

벚꽃 번지는 봄밤을 건너 첫새벽에 떠나는 열차는
오해에서 출발
이해에 닿지 못한 채 허둥허둥
헤매도

괜찮다

운다고 옛사랑이 달려오지는 않는다, 라고 하지 않던
가?
유행가 투로 부얼부얼
would you cherry me on my lips, mee mee me~
사랑을 나눈 것도 아니지만
첫 새벽에 핀
오늘의 첫 장미를 꺾다가 피 흘린
손으로

가브리엘 가르시아 마르케스의『콜레라 시대의 사랑』
을
달리는 기차에 슬쩍

실어 보낸다

소설책에서나 떠도는 연애

콜레라와 상사병은 증세가 꼭 같은 거라고 우기는 이유를
알 것도 같다
하지만 그것을 누가 증명할 수가 있나
신경질적으로 캐묻는 사람이 많기 때문에 파라마리보
산産 앵무새는
입버릇이 점점 더 거칠어지는군!

새처럼 새대가리를 조아리다가
'한 송이 검은 장미로나 나를 기억해 주오'라는 문구에
이르러
입술 타오르는
체리 블러썸의 진기한 향훈

오해가 풀릴 무렵 미나리아재비 꽃 속의 청제비는

물길을 차고 오를 뿐 더 이상
제비집을 짓지 않는다

잊혀진 기억에 밑줄만 긋는다

산세리프*sans serif*

그러면 뭐가 달라지겠어요?
책 제목이
'*Borges and the eternal Orangutans*'라는데 그렇다고는 하는데
외국어 좀 안다고

외국어를 조금 안다고 으스대면
'보르헤스와 불멸의 오랑우탄'이 그림자 길게 끌어당겨
귀가 길어질 것도 아니고

'보르헤스와 그리고 불멸의 오랑우탄'의 정확한 직역을 통해서
횃불 밝은
거리를 걷게 되면

'국가와 황홀'
—그것은 여자의 구멍에서 비롯된 사건을 끝까지 추궁하겠다는

집요한 의도로만 보기도 어려운데
나는 호주머니 깊숙이 첼로농장이나 하나씩 집어넣고
16분음표처럼 떠돌 예정

스트링 늘어난 첼로가 *jabbering jabber* 재버보키의
말도 안 되는
시를 모방하려 하면
이봐! 이스라펠, 이스라펠 그거 정말 생각나나?
나는 잠깐 졸다가 후다닥 잠 깨어나
아무것도 짚이는 거라곤 없는
한밤중입니다

오리무중인 나는 아무것도 짚이는 게 없는데
무너져 폐허가 된
피라미드 돌무더기 위로 올라간 그녀는 뚜렷한 이유
없이
옷을 벗었고
가랑이 벌어진 그녀와 맞닥뜨려 침묵이 흘렀을 때
그것은 별반 놀랄 일도 아니어서

꼬리 접은 오랑우탄이 나뭇가지를 놓아버리는
꿈을
아니 현실을 놓아버리고

허공에 나뒹굴어 등뼈 부러지는 걸 목격하게 되겠지

─보르헤스와 불멸의 오랑우탄들, 이 무더기로 등장하
게 된 연유
리얼리티라는 게 오랑우탄의 언어로는 도무지
통하지 않는
어떤 얘깃거리일 뿐이라는 것

그런 것이기도 하고 그게 아니기도 하기 때문에 순전히

오랑우탄이 제 엉덩이 긁는 일이 요즘 들어 매우
빈번해졌을 뿐, 이다
아니다

비익秘匿의 틈

달맞이꽃은 어떻게 살인자가 되었나?

고요를 깨뜨린 칼날의 달빛 시퍼런 입술 씻은 카코포
니cacophony 느닷없는
침략에 반전反轉 없는 완전한 몰락

수요일의 도둑
― 뮤지컬 풍으로

뚊뚜루루 뚜루~ 누가 수요일을 훔쳐 갔나?
목 · 금 · 토, —일 · 월 · 화, 의 반복은 정말 따분해

뚊뚜루루~, 뚊뚤^^ 수요일에 도둑이 들었다

수욜 밤의 답답한 장막을 뚫고 잠입한 도둑은 바보같이
후덜덜
몸을 떨었다
그럴 이유가 없는데 발을 절었다

제풀에 안색이 변해서 그것 참 사색이 되어
모든 걸 들통 내고 말았다

뚊뚜루루 뚊듈뚊듈~
하지만
그것이 뭐 그리 창피할 까닭이 있나 후덜덜

눈앞이 캄캄해진 도둑은 목요일의 덫에 걸려
코가 깨졌다

우리가 자청해서 불러들인 수요일 밤의 도둑
이빨 부러지고 눈탱이가 부었다

뜳뚜루루 뚜뚜 뜳들~,

내력벽처럼 부동자세인 일/월/화 · 목/금/토가 실수하
듯 와르르
쏟아져 나오고
수요일의 도둑 때문에 수납장이 무너졌다

뜳뚜루루~ 뚜뚜^^ 도둑 덕분에 무너진 수요일
급조한 빈자리에 간이극장이 들어서고

뜳뚜루루, 뜹뜰^^
세상 어디에 붙어있다가 떨어져나가거나 말거나
목 · 금 · 토/일 · 월 · 화, 가
어울릴 법한
그곳

텅 빈 공간에 텅, 텅, 텅 필연적으로
흘러갈 타악기 소리처럼

수요일이
무너져 엉뚱한 습관이 생긴다
어리석은 도둑놈은 그사이를 첨벙첨벙 건너뛰다
빠져 죽어도 할 말 없다

말테를 위한 수기

아무도 모르는 사막에 연어샐러드 카르파쵸*carpaccio*
단일 메뉴 하나로
맛의 승부를 걸겠다는 식당이 야심한 밤에도
나를 기다린다

식객이라곤 가끔 그림자만 덜렁 허물 벗어 던지고 지
나가는
늙은 도롱뇽 이외에
통행인 하나 없는 황량한 사막 한가운데
신장개업한 레스토랑

가장 좋은 테이블을 가장 쉽게 선점한 나는
신선한 연어요리를
신기한 언어놀이로 번안하려 애쓰지만
요리의 본질을 왜곡하는 일은 절대로 없도록 신중하게
식욕을 조절한다

아하, 오늘 밤에도 얼떨결에 혓바닥 핥던 접시를
또 깨뜨리고 말았지만

아무것도 눈치 못 챈 홀 서빙 아가씨와
주방 안에서 힐끗 쳐다만 보는 셰프가 언짢아하기는커
녕
나를 더욱 vip로 예우한다

모래폭풍에 사막 출입이 자주 끊기는 불상사 말고도
어떻게 하면 카르파쵸 연어회 요리를
생짜배기 언어메뉴로 탈바꿈
바꿔치기할 수 있을까

엉뚱한 식탐 때문에 접시가 엎어져 화를 입거나
발음 뒤틀려 나뒹구는 일은
없을 거라는 것을 식당 종사자들은 언제쯤
알게 될 것인가

끄노*Queneau*에게 어제 쓴 시

끄노에게 어제 쓴 시가 도착한다

레이몽 끄노*에게 어젯밤의 시가 지금 도착한다
떡갈나무 가지가 흔들리다가
유리창에 부딪히는
시

어젯밤 떡갈나무 밑에서 끄노의 시를 읽다가
끄노의 개가 다리를 절었다
'떡갈나무와 개'*

개와 시와 떡갈나무가 한통속 끄노의 세계가 완성되자
고장 난 엘리베이터가 15층에 와 멈춘다
단추를 누르지도 않았는데 저절로
작동하는 기계가 있다니

끄노의 시가 어젯밤 떡갈나무 아래에 길을 잃고
끄노에게 어제 쓴 시가 지금은
도착한다

* *Raymond Queneau*(1903-1976) : 울리포*Oulipo* 시운동을 주도한 시인.
* 떡갈나무와 개 : 끄노의 운문시집. 이승훈의 시「끄노에 대한 단상」에서 발췌.

오늘밤은 리스본

하지만 오늘밤엔 리스본까지만

바르셀로나, 쌩 폴 드방스쯤이야 나중에 품어도 전혀
늦지 않지

북방의 주택가엔 주인 없는 개들만 어슬렁어슬렁
빠리의 쌩 제르맹 뒷골목에 나뒹구는 빈 포도주병들만
습관적인 휘파람 소리를 내더라도
오늘은 오직 리스본까지만,

몰도바
몰디브
몰라도 그만 안 가도 그만
그렇더라도 결국
품 안에 끌어들여 일일이 쓰다듬게 될 무국적의 섬들
을 언제까지
방치할 수야 없지

초저녁부터 야심한 밤까지 리스본의 불 꺼진 테라스에

기대어
  고즈넉한 밤안개에 뜬금없는
  칵테일 여행
  진한 압생트 쑥 향에 코를 처박고
  뜨거운 섬이 하나하나 가슴 복판에 솟구칠 때까지
  집에 갈 생각
  배낭 메고 딴 길로 샐 생각일랑 아예
  접어둘 것

  그렇고 말고 오늘처럼 과달키비르강江이 소리 없이
  강물 수위를 높이며 시종일관
  침묵을 고집할 때
  리스본의 매력은 무섭도록
  관능적일 수밖에

  달콤한 밤공기가 맨발의 우리들을 달빛 젖도록 사주할
테니
  그래, 우린 몰도바를 향해 출항하는
  배를 기다리는 척

남은 생애를 몽땅 대책없는 리스본의 창가에서 어기적
거리다가
　옹골차게 우량한 쌍둥이들이나 뭉텅뭉텅
　낳게 된들 누가 어쩌랴

　리스본까지만, 제발 더 멀리 떠나서 탈이 될
　헌책방의 책들일랑
　뚜껑 닫아버리고

　오늘 밤엔 리스본까지만, 리스본의 품 안에 안겨서
　오늘밤은 리스본

3부

키케로가 말한 것을 페트라르카가 받아 적듯이

고독 강점기

생각해보니 뭐 그렇게 심각할 것까지 없고

허리 꺾어 8부 능선 더듬다가 문득 잉크 묻은 손톱 밑
내려다보니
나에게 고독 강점기라는 게
있기는 있었네

토리노에 대해서 알긴 뭘 알아 돌아서려다가
오른손 잠깐 뻗어
하복부 저점 사타구니 쪽으로 내려가다 보니

파베세에게 물어보지 못한 것들이 대퇴부 골짜기 홈
패인 곳마다
무덤을 쌓고 있었네

트리노에 대해서가 아니겠지 코나투스에 대해서 알긴
뭘 안다고
체자레 파베세의 옆얼굴 훔쳐보며 뒤적뒤적
가로등 꺼진 그 골목길

나에게도 분명 분명히 고독 강점기라는 게
옹이 박혀 있었네

롱고롱고 몰디브를 마시면,

꽃병에 꽃이란 꽃은 모두 떠나고 없다
꽃 없는 꽃병과
술 없는
술병

모히또의 여인은 숱 많은 머리칼을 몰디브 잔에 적신다

롱고롱고 모히또에 가서 몰디브를 흠뻑 마시면
7초 동안의 흥분
7년 동안의 침묵이 올 풀려
셀 수 없이 많은 일몰의 시간이 롱고롱고
황홀하게 쌓이지

롱고롱고 몰디브를 마시면, 모히또는 아무래도
외로운 섬

붉은 입술 해안선을 훑고 항로에도 없는 뱃길을 따라
딥 키스에 닿으면
몰디브는 술잔 가득 로맨틱한

이름일 뿐

롱고롱고 그녀에게 닿을 수 있는 유일한 길
모히또 글라스가 엎질러지고

롱고롱고 흠씬 취해 게슴츠레한 눈으로
7초 동안, 할 말 없음
7백 년 동안
가야 할 길 몰디브의 깊은 밤에

롱고롱고
몰디브에 취하면 아무도 모르는 무인도를 품게 되는 것
그렇다면,
오늘 우리
"모히또에 가서 몰디브 한 잔 꺾을까?"

그녀와 나는 하나의 섬으로 술잔 안에 떠돈다

후마니타스의 포도주

좋은 술은 세상을 바꿀 수 있다,고 호언장담하니까 술
한 병이
공짜로 굴러온다

내 입술은 금방 짐을 꾸려 여행을 떠난다

키케로가 말한 것을 페트라르카가 받아 적듯이
눈 뚜껑 떨리는 시를 쓰겠다고
장도에 오른다

좋은 술은
역경의 피난처
술에 취해 마음껏 흥청거릴 수 있다

좋은 친구 곁에서 누리는 최고로 사치스런 행복
곤드레만드레
취중 환상을 피해 갈 이유가 없지!

'톨레 레게tolle lege' 잔소리 말고 책이나 읽으라고

술 취한 단테 알레기에리가
무화과나무 밑에서 늘 듣던 이야기
'*tolle lege, tolle lege*' 어린아이의 옹알이같이
톨레 레게*Tolle lege*,
책이나 주워 읽으라고

키케로가 말한 것을 페트라르카가 받아 적긴 적었지만
술에 취해 잘못 다듬은 시는
빈 술병이 대신 읊조릴 테니까
걱정 안 해도 되지!

술 주사를 일삼던 우리 큰형님, 디오니소스 술꾼께옵서
대취하여 코뼈가 삐뚤어졌으나 깨진 술잔의 영웅담
술병 속에 진짜배기 시의 허점이
발효돼 증발한들
뭘 어쩌랴

키케로가 말한 것을 페트라르카가 잽싸게 받아 적긴
했으나 가끔

실수도 해야 시가 되듯이

마른 입술 건너 단내 풍기는 술병은
마시기 좋은 각도로 삐뚜름 기울어져
참 겸손도 하지

권총 차고 죽는 이데올로기의 고양이와 꼼짝 안 하는 에셔의 도마뱀

에셔의 도마뱀은 야단스럽지만 뼈 없는 동작
그림자로만
그림을
그림 그릴 뿐

종이 위에 미끄러지지 않으려고 옴짝달싹
화선지 바깥으로는
단 한 뼘
1mm도 걸어 나가지 않는다

이데올로기의 벼랑에 빌붙어 이념의 권총을 차고 죽는
고양이가 따로 있을까

있다
그 고양이를 위한 진혼곡과
무덤 속에 갇힌
침묵

밀폐된 어둠 속에서 고양이가 길게 운다

검은 상자 속에는
슈레딩거의 고양이 한 마리가 꼬리가 검거나 눈자위
하얗게
살아있는 동작으로
울음 또한 멈추는 법이 없다,
라고 하는데

모두들, '더 이상 걸을 수 없기에 꽃이 되었다'*는
저 꽃들은
격발장치가 없어서 못 죽는다

표면이 거칠어진 시간
시간이 움직일 필요성을 못 느끼고
안 움직여서
마치 스틸 컷처럼 온전히
뿌리에 붙박인 채
에셔의 도마뱀은 프랙탈*fractal*의 궁극에 도달하지 못
한다

그럴 바에야 차라리

우선 사건부터 저질러 놓고 사태를 관망하는 쪽
나는 그럴 생각도 용기도 없어서 이렇게
턱뼈 부러지도록
죽은 꽃냄새에 비틀비틀

청춘을 발바닥 아래 짓깔아뭉갠 채 스스로
저물어 갈 듯이
심각한 척하기로 한다

* 더 이상 걸을 수 없기에 꽃이 되었다 : 이혜미의 시, 「첫 번째 거울」

대낮의 횃불 하나,
— 시인 안수환의 불 먹인 화살과 촌철살인

선생님, 오늘도 활 쏘러 가세요?
응~, 활시위 한 번 당기고 와야지!

하늘 찌푸려 눈앞이 침침한데도 화살 먹이세요?
응, 그럴수록
찡그린 하늘 달래러 가야지!

—과녁實革 없는 활쏘기

목표도 계획도 아무런 진척 없는 노시인은 오늘도
활시위 당차게 끌어당긴다

팽팽한 응축

불 먹인 화살 하나가 슝~, 시인의 섬세한 손길을 떠나
천궁天宮의 한복판에
천궁天弓으로
꽂힌다

하늘의 배꼽 옴파로스에 대낮의 쓸모없는 횃불 하나
행간마다 끈적끈적
진한 송진 떨어뜨린다

함마슐트에 기록될 릴리함메르라는 시

릴리함메르에는 함마슐트 씨가 살고 있다지 아마
오래전부터 함마슐트에는
릴리함메르 씨 내외가 살고 있다, 라던가?
어떤 것이 사람 이름이고 어떤 것이
마을 이름인 거냐고

분명하게 따져 물어 선 긋기를 좋아하는
부락민은 없지만
만에 하나 그런 걸 쪼곤쪼곤 쪼잔하게 물고 늘어지는
낭인이 있다면 아마

만년설 위에서도 녹지 않을 이름이나 생각해두라고
핀잔맞을 거라지 아마
그러나저러나

백합꽃 같은 릴리함메르 씨 내외 혹은
함마로 두들겨 맞아도
눈썹 하나 떨지 않을 것 같은 함마슐트 씨 부부는 숫제
말을 잊고도 산다지 아마

빙산의 일각으로 얼어붙은 언어가 북빙양에 내려앉아
해빙을 모르는 상태라지 아마
노부부의 언로는 태어날 때부터
아마도 아마
무한 백색에 가까운 오로라의 광휘에 젖은 탓

극야의 밤으로나 진로를 트려나?

이런저런 내력을 기록하던 문자가 닳아서 반질반질
이마빡에 윤이 나서 눈부실 뿐
빙판에 미끄러져
온전치도 않다지 아마

그 참, 시 나부랭이를 읽거나 쓰고는 싶어도
시 따위는
얼간이들에게나 나돌아다닐 뿐
불완전자동사처럼 볼품없이 쪼그라든다지
아마도 아마

불쑥 솟아오르는 *still-life*, 정물화

아직도 살아있니?
are you still alive in dream in a life?

어떤 사람이 아닌 내가
어떤 사람이 아니 바로 내가
배고파 정물화 속 사과를 꺼내 먹었다

어떤 사람이 아닌 나는 목이 마르지도 않은데
어떤 사람이 아니 어떤 사람하고 매우 닮은 바로 내가
목마른 척
물을 마셔버렸다

정물화 속 꽃병의 물을!

아직도 살아있었니, 기꺼이 *still*
still alive in a vase 정물화 속에는 이제 아무것도
온전하지 않다

꽃병도 꽃병의 물도 꽃과 함께 찌그러졌다

내 동공 속 들끓는 기갈 속에 터널 뚫고 지나간 곳마다

액자 밖으로는 한 발자국도
나서지 못하고
I'm still in my still-life, 정물화 속에 불쑥불쑥
나타나야 하는 나는 치솟아 꿈틀거리는
꿈길에 시를 쓴다

오무아무아*Oumuamua*[＊]의 꼬리에 편승
해보면

비앙코 카라라*Bianco Carrara* 대리석 위로
바보 같은 모자가
비보처럼
미끄러진다

모자 속에는 비보들이 숨어있다
비보가 들어있어서
바보 같은 모자

비보를 감싼 모자 모자만을 위한 바보

＊ 오무아무아*Oumuamua* : 탐색자. 지구에 왔다 간 성간물체(하와이 토착
　어)

몽곤고나무와 '!쿵 부시맨족*!Kung Bushmen*'

어떤 게으른 부족이 멀쩡히 살아있는 나무의 엉덩뼈를
부수고
엉덩이에 구멍을 낸 뒤 나무 밑둥치 거실을 꾸며
일가족이 법석대는 데도
불평 한마디 없다면, 저 나무는 바보
멍청이가 아닌가

하복부 상처가 얼마나 아프고 쓰라릴까
엉덩뼈가 으스러진 바오밥나무
뿌리에 닿는 통증 때문에 잠 안 올 게 빤하다 하지만
힘든 내색 한번 안 하는
바오밥나무는,
바보나무

바보 바오밥나무가 원체 아둔하고 어수룩해서 그냥
견디고 참는 거라고?
그게 아니다

천성이 어질고 마음 도량이 넓다 보니 어떻게든 말없이

어려운 처지를 함께 나누려는 마음에
바보가 아닌
성자 같은 바오밥나무

물관부가 파괴돼 온몸이 푸석푸석 온전할 리 없다
하지만 오카방고 습지를 떠도는 '!쿵 부시맨족/*Kung
Bushmen*'은
사냥하기 좋은 건기가 와도 피둥피둥
사냥도 안 하고
마냥 게으름만 피운다

수렵하러 나서기 싫어서가 아니라
사냥감이 사나워질 때까지 빈들빈들 놀며 기다리다가
정작
들짐승이 사나워졌다 싶으면 색다른 모험을 위해
기꺼이 초막을 버리고
칼라하리 사막을 향해 아주 색다른 모험을 떠난다

몇 날 며칠 동안 불모지에서 단호히 단식,

굶는 연습도 한단다

황무지 한가운데 외로운 몽곤고나무*Mongongo tree*는 그때
충분히 많은 열매를 매달고
!쿵 부시맨족들이 찾아올 때를
기다린다

튼튼한 껍질이 두꺼워 잘 썩지 않는 몽곤고나무의 열매는
풍부한 단백질을 오래오래 간직하기에
딱 좋은 조건
몽곤고나무의 후의는 고맙지만
그러나 그것이 곧
!쿵 부시맨족의 삶을 건강하게 보장해주는 건
결코, 아니라고

그들은 다시 초베강, 림포포강, 마리코강을 건너고 뛰어넘어

기나긴 유랑 길에
강물이 쫄딱 마를 때를 기다린다
그것은
몽곤고나무 열매만 먹고 살아도 별문제 없다는
안일한 생각을 지워 없애기 위한
결단이라는 것

콧구멍에 콧바람 거칠게 몰아넣고 일시에 쿵!~ !쿵 !
쿵~
내 쏘듯 발음하는 연유는
몽곤고나무에 대한 경의를 표하기 위한 것
흡착어의 관례가 되었다

잊을 만하면 !쿵, 부시맨족들이 내 귀에 입술 바짝 대
고
주술 섞인 콧김 세차게 !쿵
풀어먹인다.

올리브 동산의 7월 칠석七夕

'그 여름에 리키아로 떠나는 건 아니래'
—김희준의 시 「7월 28일」 중에서

그 여름의 7월은 희준이에게 태양력에서 녹아내린 밀가루 반죽
올리브 동산의 급경사면이었을까

서로의 발톱을 깎아주다가
몸에 새긴 패랭이꽃
꽃 모양이
입체적이 아니라고
서로의 모서리가 아프도록 뾰족한 말을 주고받다가 웃기도
하다가

그러다가 사슴뿔을 새긴 허리 아래 문신이
외벽을 타고 허공으로
파고들던

계절이 아닌 여름이 비를 뿌리고 오다가 꽃들이
저물기엔 너무
이른
밤으로 멀리 떠나는 심야의 불빛처럼 포말하우트의 농
무처럼

몽롱한 안개 속에 꺼내든 시는 발가락이 갯벌에 닿는
막연한 기분
마틸다,
어서 짐을 싸자 마틸다
순결한 키스는 열 살 때 상처밖에 없는 파과破瓜처럼
파삭파삭
눈두덩에 접혔다
그랬다

금기된 사랑이라도 발설하지 못했던 7월이 기승을
부렸다
라고 고백한 것도 7월

방황하는 너 영영 발음되지 않는 이름을 지우개로 지
우기 위해
　마틸다, 너는 떠났다

　그 여름에 리키아로 떠나는 건, 그래 아니었는데, 아
니었는데

　＊ 김희준의 유고집, 「언니의 나라에선 누구도 시들지 않기 때문.」의 창가에
　　맥없이 주저앉아 그 떨림에 파스티슈*pastiche*하게 되다.

불가사의의 불가리아 여인*

아헨틴에 갔다 아름다워서 슬픈 라파초*lapacho*꽃들이
아아함 손 흔들어 가래 끓는 소리로
아하함 하품을 참으면
비가 나린다

아헨틴의 빗물 새는 찻집에 앉아

한 시인을 기다렸다
창문을 여는 아침 시간이 일정치 않으나
아아함 눈곱 뗀 창문을 열 때마다
창밖에 불가사의한 여인이 불가사리처럼 지나간다고
일간신문에 쓴 여인

아헨틴의 불 꺼진 찻집 재떨이에 비벼 끈
담배꽁초가 불씨 살아나
불가리아찻집을 통째로 불태우면 어쩌나 안절부절
하지만 일찍

촛불 켠 초승달이 업사이드다운*upside down*

불가리아 여인의 발뒤꿈치를 비추는 걸 보게 되면
오늘도 필경 좋은 하루

사방에 문이 잠겨 못 나가게 될 아핸틴 찻집에
그럼 같이 가자고 청해볼까

아핸틴엔 문짝 짜 맞추는 사람들이 부지기수로 많지만
모두가 목공은 아니어서
대문이 많은 울타리라곤 없는 곳

통가죽처럼 질긴 시인의 창틀을 가방 안에 털어 넣고
아핸틴의 기둥에 기대어

젊은 가우초가 소 떼를 몰고 나타난다
술 취한 라파초 꽃나무에 신호하면
코스타네라 강을 따라 꼬리 긴 잠행潛行이 시작된다

아아함 하품 속의 아핸틴이 덜컹덜컹

꽃길 밟는 수레 바퀴 소리에

몸도 마음도 흔들려 밤 깊은 아핸틴 길 없는 거리
불가리아 여인이 사랑한 시인은
어디로 갔을까

* 고 이윤설 시인(1969~2020)의 등단 출세작

106

사진 한 장의 포에트리

A photo in spirit 나는 이 사진이 좋아 아주, 아주
좋은 사진
통기타가 사람처럼 누워있네
사람도 기타처럼 등 기대어 누워있네

빈 술병도 덩달아 춤추다가 술기운에 드러눕고
오늘의 일정을 포기한 오디오시스템도
turn off 스위치 끄고
딱정벌레처럼 퍼질러 누웠군!

눕거나 눕힐 수 있는 것들의 온전한 흡착력

어떤 개 같은 날들의
개떡 같은 하루를 등 쓰다듬어줄 수 있다면,
천정까지 무너진 지붕이 방바닥 깔고 내려와 스스로
바닥에 누울 수 있게 된다면,

세상 편편해져 드러눕기 좋겠지 그건 아닐는지도 몰라
그야 생각하기 나름

시는 시인에게
아주 편한 바닥이 돼 줄까

시를 쓰자!
팔자 좋게 팔자 늘어진 시 양팔 뻗어 바닥에 닿는 시를
써보자
시답잖게 까탈 부리지 않고 누워서도 깔쭉깔쭉
죽은 듯이 쉼터로 남는

시의 행간에 끼어들어 한 시인이 살고 있는
사진 속의 단 하루가
부러워서

A photo in spirit 들여다보면
자신의 존재를 힘차게 완성한 실루엣, 맥박 뛰는 소리가
단 한 줄의 문장 속에 초점 잡혀있다

게으름뱅이 시인의 면모가 불타는 석양 속에 담겼다

4부

아름답게 누워서 침이나 뱉고 싶네

맑은 날 꽃들의 한계를 넘어

맑은 날
수채화 꽃집
꽃들이 숨 쉬는 창가에
정물화는 그대로 놓아두고
무표정한 꽃가게만 덜컹 떠메고 왔다

래넌큘러스*ranunculus*, 페루백합, 리시안셔스*lisianthus* 등
앵두 알 맹키로 앙증맞은 꽃숭어리들
먼 나라에서 배낭여행 온 서양 꽃들만 덜컹덜컹
내 뒤를 따라나서는 이유를
캐묻지 않기로 했다

꽃가게는 덧칠한 유화처럼 문 닫을 시간, 꽃들은 한계를 넘어
수채화 물감 번지는 초저녁의 거실 소파로
몰려나와 샤르망 샤르망*
간식 나눠 먹다가

예기치 않은 플래시 몹*flash mob*에 놀란 나를
남의 일 보듯, 쏘아본다

* 샤르망 샤르망 : 유쾌한, 매력적인(불어*charmant* / 영어*charming*).

플라뇌르*fláneur* 플라뇌르 빠리의 플라뇌르

다음 날 비가 온다
그다음 날 칼바도스에 취한다
그다음 다음 날은 아폴리네르가 압생트를 권한다

그런 다음에 랭보가 온다
그런 다음 몽마르트르 거리가 울퉁불퉁 비에 젖는다
그 전에
그 전날의 베를렌은

세상 모든 술병을 침대 밑에 쑤셔 박았다

바가봉*vagabond*
바가봉드*vagabonde*
플라뇌르,
플라뇌르*fláneurs*들이 어슬렁거리는 길거리

쌩 제르맹 데 프레 구역을 누비는 빗줄기 사이로 문화
성장관
앙드레 말로가 맨발로 나타난다

그다음 다음 날은 불확정 불확실성이 유혹하는 날씨
빠리의 오늘 일기예보는
S · P · L · E · E · N
술에 취한 보들레르가 몽 빠르나스 뒷골목
목로주점에 털썩 주저앉는다

화랑가 뤼 드 센느*Rue de Seine*에 가랑비가 흩뿌리고
멜랑콜리*mélancolie*
멜랑콜리끄*mélancolique*
멜랑콜리는 비릿한 한 방울의 최음제

쌩 나자르역 근처에 바람이 일고 빈 술병이 일어선다
낭만과 우울을 뒤섞는 바람
관광객을 가득 태운 바또 무슈*Bateau Mouche*
장난감 통통배가 센강을 오르내릴 때

Spleen
spleeeeeeen

spleeeeeeeeeeeeeeeeeeeeeeeeeeeeeeeeeeeeen

강좌안江左岸을 장악한 마력적인 우울憂鬱이 우두두둑
플라뇌르 무리를 카페로 내몬다

내 감각의 등줄기가 리드미컬한 비에 젖는다

밤의 난간에서 수잔 발라동*

누가 밤의 귀퉁이를 허물어 이가 아픈 꾀꼬리*의
날갯죽지를 비트나

아줌마, 노랑머리 버블버블
뻐꾸기둥지 위로 날아간 몽마르트르의
몽슈슈 아줌마!

나는 아니에요

나는 글쎄 아무 생각 없이 벡사시옹*vexation*의 밤거리에
중병에 걸린 사람처럼* 나대다가
그노시엔*Gnossienne*의 웃음소리에 놀라
뻬갈역에서 막차 놓쳤을 뿐

노와르 강이 어딘지 헌 구두 한 짝 잃어버린 죄
몽슈슈 내 사랑,
몽셰르 나의 누이
내 경거망동은 상상력보다 먼 데로만
떠돌다가

짐노페디*Gymnopédie*에 끈적끈적
인사동 골목으로
결국은 소환되고 말았네

누가 말라비틀어진 태아*를 밤의 올가미로 씌우고
로트렉의 빨간 풍차에 바람을 욱여넣는담?

아줌마, 뻐꾸기둥지에 날아든
몽마르트르의 마드모아젤,
Ma sœur!

나는 아니라니깐요
빠리파派의 춘몽을 뒷골목에 끌어들인
피아노 건반은 삐끗
수평 어긋난 캔버스, 영구귀환을 꿈꾸는
포에지의 뜰에

노랑머리 치렁치렁 발라동의 젖가슴이 화들짝

세기말의 공포가 모퉁이 닳아 무뎌지네
Ma cherie, Mon petit chou chou!
떼르트르 언덕 너머 몽 통통,
몽夢!

＊ *Suzanne Valadon* : 잊지 못할 에릭 사티*Eric Satie*의 여인.
＊ 이가 아픈 꾀꼬리/ 중병에 걸린 사람/ 말라비틀어진 태아(처럼 연주할 것)
  : 에릭 사티 작곡, 악상 지시어 중에서

과월호는 과월호

너는 나를 과월호 보듯 세상 밖으로 내몰았다

책갈피마다 흰 눈이
폭설로 쌓인다

과월호가 그런데 뭐가 어때서!
너는 나를 과월호 취급하듯 책장을 쾅
닫아버렸다

책 속에 갇힌 나
나는 읽히지 않은 채 맹렬한 한파 속에 갇혔다

책갈피마다 봄이 녹기 시작
봄이 녹아서 꽝꽝 언 과월호의 활자들을 하나하나
불러낸다

언 몸 풀리자 머리에 싹이 트고
파지로 팔려나간 과월호 속에서 젊지만 폭삭 늙은
시인이 카랑카랑 걸어 나와
쾅쾅쾅 시를 다독인다

갈대밭의 판신*Pan神*

나는 나를 잘 모르지만 아름다운 척 아름답게 누워있네
물방울 흩어지고
내 모자 바람에 날아갔네

꽁지 빠진 새는 창밖을 날다가 새장 안으로 귀환할 듯
말듯
나 몰라라, 꾀꼴 충분히 게으른 척하는 나는
기시감既視感에 황홀
아름답게 누워있지

아름답게 누워서 침이나 뱉고 싶네

서커스가 지나가고
토마토가 부스럭부스럭 익어가고
천정엔 코 흘린 구름
독심술사는 내 복부에 솟은 구멍들을 일일이 확인해보
고
달콤하게 솜사탕 거기 부풀리네

아름답게 누워서 침이나 뱉을까

나는 무모하게 나를 발효시키는 중
갈대밭의 판신*Pan神**들은 갈대 꺾어 피리를 만들고
갈수기에 잎사귀 버석거리는 채송화 꽃씨를
귓가에 떨어뜨리네

나 태어나기 이전의 애인들아,
내 곁에 바짝 붙어 눕거나 엎어져야 하고말고
홑이불 따위가 뭔 필요
잉크 잘 먹는 종이와 볼펜이나 가져오라고
하릴없는
편지를 쓰네

게으르게 아름답고 침 흘려 침 뱉는 천박한 자세로
갈대밭 피리 소리를
누워서 감상해도 될까, 고민이라면 고집스럽게
침 삼키며
고민 좀 해야 하지

마른 갈대들의 실내악 연주에 판신들은 깜빡 낮잠에
잦아들고
　갈대숲 개개비가 휘파람 독창회로 법석 피워도
　잠결에 화들짝 놀란 내 귀는 내 맘대로
　여닫을 수 있지

　갈대밭에 쏠리는 갈대숲의 숨소리를
　자신 있게 잡아두려네

* 인면人面에 산양山羊의 뿔과 다리를 가진 판신Pan神, 반수신半獸神은 프랑
　스 프로방스에서는 목신牧神, Faune이 되어 오후의 갈대밭 살롱음악회를
　주관한다.

어섯이 어섯눈을 뜨다

어섯*을 모르고 '어섣'이라 쓴 뒤 '어섯'으로 고쳐 읽는다.

어서 일어나!
어서 말해봐, 어섯이 그것밖에 못하겠니?
어섯 하기만 해봐라 정말 어설피
어설프긴!

어리숙하게도 정작 어섯눈*을 뜬 채 어섣에 빌붙었다.

어섣의 섬
외진 섬
갈매기가 푸석푸석 물길질 한다.
모음만 낚아 자음을 차고 오르는 괭이갈매기의
어섯눈 날갯짓

정말 어섯 하다니깐!
수평선 휘청휘청 허리가 휘도록 전례 없이 배부르다.

* '어섯'과 '어섯눈' : 순우리말 사전에서

122

베로니카의 지나친 눈물

한때 나는 중앙아시아의 뜨거운 모래바람이었나

바이칼 호반의 호면湖面에 떠도는
구름의 문양이기를 자처했네

한때의 나는 마적단의 말발굽에 채인
돌,
　　멩,
　　　이
구둣발에 채여 튕겨 나간 돌멩이의 무거운
침묵

돌멩이의 돌멩이
돌멩이의 뜨겁던
밀애密愛
감정이 메말라 무덤덤한 마파람이기도 했네

한때 나는 또 모서리가 닳고 닳아 그토록 훼손된
취주악의 낡은 악절

123

갈대의 음유吟遊이기를 바랬지만
악보는 찢어지고
비바람에 흔들린 음정, 악상樂想의 일부가 천궁에 부딪혀
머리를 찧었네

한때의 해거름 초저녁별처럼 나눈 밀애는 어둑어둑
어쩌다가 부활절 새벽을 불러들인
여기는 도무지 어디
누구의 영토일까

베로니카의 눈물에 젖은 수건과 수건에 찍힌
차가운 나의 옛 얼굴

한때 나는 마른 수건 속에서 부글부글 피어나는
야생 엉겅퀴이거나
온몸의 가시로 자해自害를 일삼던
사막의 선인장이었던 것을

그러던 어느 날 질경이의 목숨, 도돌이표로 되살아난

도돌이표
도돌이표 뒤의 후렴구와
쉼표
쉼표 뒤의 베로니카의 애환哀歡이 그처럼 깊고 지난하
다는 걸
휘어진 새끼발가락 굽어보며
나는 보았네

베로니카여, 떼꾼하게 부은 눈을 젖은 수건 속에 파묻고
아직도 그렇게 우는가
울고만 있는가

어느 날의 막다른 충동衝動

나는 나와 1촌이 아니라네 2촌도 아니고
1, 2촌을 건너뛴 불가분 3촌쯤 될 거라고
불안한 관계 3촌인 나는
이웃사촌보다 못해서
배꼽이 근질근질

아이, 아이, 아이, 아아!
내 품속에서 죽어가는 이 왈츠를 받아줘*

언제쯤 우린, 우리는 언제쯤 1촌이거나 2촌이 되어
왈츠를 추게 될까
막무가내 불가항력 고집불통인 내가
3촌인 나에게
절친한 듯 뇌까리네

아이, 아이, 아이, 아아!
부서진 허리의 이 왈츠를 받아 줘*

아이, 아이, 아이~, 유, 유, 유

페데리코 가르시아 로르카가 뉴욕에서 불현듯 달아나
딱딱한 이마에 성호를 긋고
스페인에서 총상을 입었지만, 허벅다리 꽉 조인
아이와 유를 연결,
우리 춤 한 번 땅길까요?

호졸근히 젖은 속옷 찢어지도록
밤이 깊고

날밤을 새운 새들이 지지배배 지저귀었으므로
나는 나와 0촌인 피를 마셔
필생에
나를 낳을 것, 너무나 분명해!

* *Federico García Lorca*의 시 「뉴욕에서 달아나다」(민용태 역)에서

자고새를 위한 자고새

스물네 마리의 자고새* 떼
스물두 마리의 자고새 패거리라고 부기해 둬야겠다
그중에 두 마리는
잘 자고 일어나 별안간 자리 비우고
없었으므로

스물두 마리의 자고새와 일행에서 되레 이탈한
두 마리 자고새들의 불안한
이합집산

얼마 후 귀를 찢는 총성이 울렸다
혼비백산
스물두 마리 자고새는 무사히 날아올라 흩어졌으나

의기투합
한 마리 피범벅이 된 자고새와 용케 살아남은 다른 한
마리가
자고새 사냥꾼의 미간에 피똥을 갈겼다

위협적인 자고새

오늘 밤 내 서재로 찾아든다
나는 창문을 활짝 연다
사냥총 격발장치 너머
위리안치 같은 둥지
흰 구름밭에 구름 같은 탁란托卵을 꿈꾸는
자고새

자고새 우는 숲을 나는 내 책상 위에 끌어당긴다

숲에서나 만날 수 있었던 자고새 일가족

* 스물네 마리의 자고새 : 밀란 쿤데라, '무의미의 축제'

토마스 S, 엘리엇을 추억함

엘리엇, 엘리엇 당신의 수염은 더 이상 자라지 않는다

가람마살라 향료를 뿌려서 매캐한 골목골목
도처의 유적지들
당신은 20세기가 버리고 떠난 거리에 이상한 섬 하나를
일컬어
황무지라 불렀지

The Waste Land!

누가 버리고 떠난 섬, 쓰레기 더미인가
시즙屍汁이 흘러
폐적지廢積地 아래 검은 지하수

엘리 엘리 라마 사박다니, 엘리엇 당신은 알고 있었지

그사이 템즈강은 늙어 런던브리지 폴링다운, 폴링다운
퇴사를 긁어낸 강상에는
다국적 관광객을 가득 태운
유람선이 오간다

＊

나는 아무 말이나 뿌리고 다녔노라, 번안 없는 주술呪術
오대양 육대주를 부유하는 언어들

물푸레나무 희멀건 그늘에 검은색 피부 꼬리가 얼룩진
어룩들. 낮은 지붕마다 낙뢰처럼 떨어져 피뢰침에 참수
당할까 봐 여보게, 밀레니엄의 전사들이 낮도깨비처럼
몰려올 거라지? 낯선 도시의 오픈 카페에 앉아 검색창을
두드리는 젊은이들. 머리 위로 낯선 신생국의 깃발 펄럭
펄럭 요상한 엠블럼이 찢어지고 총알 맞아 눈알 빠진 까
마귀 떼들. 몰려다니는 통행인의 어깨 위 흰 연기 베르
게르제 같은 저녁 안개가 슈테른베르크 궁전의 농무 속
에 섞인다. 잠꼬대처럼 엘리엇, 엘리엇 어디 있어, 어디
있는 거야? 지난 계절엔 엘니뇨에 물이 불어 집채만 한
욕망이 수몰당했다. 땟국물 절은 셔츠 깃에 물고기 무늬
를 새긴 신앙심 깊은 노인들은 외쳤지. 엘로이 엘로이
레마 사박다니*Eloi Eloi Lama Sabaqtani*~. 토마스 엘리엇
의 명성을 알 리 없는 군중들.

＊

　여름은 긴 장마 끝에

　호프가르텐 호반에 거짓말 같은 무지개를 걸쳐두고 떠

났다,라고

　그는 썼지, 엘리엇은 썼다

　거짓말, 거짓부렁, 거짓의 뿌리였다고 표기하고 싶은

　뿌리가 빈곤한 낱말들

　나는 코비드19로 문 닫은 팬데믹의 거리거리를 어슬렁

어슬렁

　지난 세기에 찌그러진 깡통 걷어차듯

　걷고 또 걷는다

　마리, 마리 이것 좀 도와줘!

　너무 먼 인척의 마리 그녀는 국적 없이

　미아로 떠도는 소녀였을까

　마리우폴의 길바닥에 모가지 잘린 채 버려진 바비인형

처럼

　머리카락 짓이겨져 폐기물로 방치된 마리

어린 소녀 마리
이종사촌 누나뻘도 아니고 누구의 이웃도 아니고
내 편도 아닌
마리는 나의 친동생 피투성이 뒤엉킨 인연
엘리엇이 마리를 알 리 없지만
안다고 해도

흑해 연안의 오데사항구와 테임즈 강가의 거대도시 런
던항
런던타워를 에돌아 오갈 뿐
임진강과 남한강이 만나는 두물머리 어디쯤
도라산역을 한 바퀴 돌아 나와도

엘리엇, 황무지에 빈출하던 라마 사박다니는 어떻게
됐는가?

그토록 많은 어휘들이 그토록 쓸모없는 절규로
구소련제 장갑차 포격에 박살 나듯
팔다리 부러져
공중 분해될 줄이야

경외敬畏 경외주의자*aweist*들

술에
숙취한 말들은 말을 잘 안 듣고
넝쿨장미는
맨입에 잎이 마르고
살구는 다 익었다고 제멋대로 굴러떨어지고

구깃구깃한 토막잠에
찌타델레*Zitadelle*는 극지대의 부동항처럼 쭈뼛쭈뼛
거들먹거릴 뿐

간밤의 불면증은 그만 좀 안놓~, 나는 시를 쓰다 말고
초이레 밤에 일찍 사라진
초승달의 행적을 곰곰 추적하다가
그믐밤처럼 잠든다

오버잇*overeat*성에서 성에 안 찬 성애주의자들의 지칠
줄 모르는 흥분
알써요, 아랐따구요 그럼, 그러타면 숙취한 사람이
취중에 취소하면

134

돼지가 되지요
무슨 말씀, 되지가 돼지로 되는 게 쉬워요?
농담합니까,
돼먹지 못한 돼지가
돼지우리로 되돌아온다 해도 절대로
돼지가 되지는 않지요

정신 말짱한 돼지들이 고집 꺾고 어금니 식상한 울타
리 밖
멧돼지로 집 나가는
정황

토론이 끝났으므로 글쿠나, 그렇구나 *Delete* 눌러
초기화시키면 전부 깨끗이
없었던 일이 된다

삼각형이 생각할 줄 안다면*

삼각형이 생각할 줄 안다면, 플라톤의 생각이 달랐겠지
삼각형 건물이 난세에 판을 치거나
골치 아픈 삼각형 공리가
수시로 바뀌겠지

자동차 바퀴가 생각할 줄 안다면, 운전사는 곤혹스럽겠지
제발 좀 가자는 데로 가자!
타이어가 닳지 않는 곳으로만 굴러가겠지

담뱃불이 생각할 줄 안다면, 애인 있는 애연가는 애가 탈 것
담배 연기가 눈을 찔러
새 애인이 등 돌린 뒤 본의 아니게
연막煙幕 친 길

우산이 생각할 줄 안다면, 비 오는 날을 더 많이 만들겠지

우산 속에는 젖지 않을 것들만 모여들고
우산 밖에서 불빛은 꺼지겠지

삼각형이 생각할 줄 안다면, 글쎄 좀 큰일이야

내각의 합이 180도가 아닌 지구는 삼각형을 유지하려
고
찌그러진 지구본이
바다로 떠난 배들을 대양의 꼭짓점 위로 내몰겠지
삼각뿔처럼 뾰쪽뾰쪽 허리가 아파도
주어진 대로 살 수밖에

누구한테 함부로 개떡 같은 삼각형 세상이 싫다고
투덜투덜 모서리 진 세상을
비난하겠어?

* 「만일 삼각형이 생각할 줄 안다면…,」 : 베네딕트 드 스피노자

나의 시집

나 오늘 밤 새로 집 한 채 지을 것이네

창문만 있고 질문은 없는 집
손님만 있고 주인 없는 집
응답은 있으나
주제도 주체도 없어 이상하지만 말 없는 가구를 사들이고
과묵한 벽면을 색칠해야지

꽃 피울 유실수와 그늘 푸른 관목들

날아가서 돌아오지 않을 새들을 위한 둥지들을 글쎄
꾸며놔도 나쁠 거야 없지
그래야겠네
불필요한 질문과 쓸데없는 대문은 생략했지만

누구나 함부로
지붕 뜯고 들어와
한참을 울다가도 아무 상관 없는 집

있어도 없는 집
없어도 좋은 집
처음부터 끝까지 울타리는 없지만
울타리 둘러치고 앉아
담장 밖의 바람 소릴 끌어모으기 아주 편한 집

푹신한 소파에 기대 잠깐 가면을 취해도 햇살 달려와
이불 덮어주는 집
때 되면 달빛 출렁 창문 흔들어
커튼 가려주고
꿈결에 흔들린 꿈들이 푸른 원고지에 검은 잉크를
풀어놓는 집

가정법 과거완료가 아니라 눈 깜빡거리는 이 순간의
현재완료 진행형으로 가용 가능한
가상의 힘

밤이면 밤마다 나 집 한 채 지었다가 허물고
또다시 꾸미며 살아왔네

해설

시적 헤테로토피아
— 김영찬의 시세계

고 봉 준(문학평론가 · 경희대 교수)

　시집『오늘밤은 리스본』은 김영찬 시인의 문학적 혈통
증명서이다. 이 책에는 현기증이 날 만큼 많은 시인, 소
설가, 예술가, 철학자의 이름이 등장한다. 뽈 베를렌, 아
르뛰르 랭보, 니체, 자끄 프레베르, 테라야마 슈우시, 베
토벤, 짐 자무쉬, 월레스 스티븐스, 윌리엄 카를로스 윌
리엄스, 파울 첼란, 페데리코 가르시아 로르카, 보르헤
스, 레이몽 끄노……. 이들은 시인 랭보가 '나쁜 혈통'이
라고 말한 태생적 혈통이 아니라 의도적으로 선택된 예
술적 혈통, 즉 시인의 선조先祖들이다. 김영찬은 이들 예
술적 조상의 이름과 그들의 언표를 다양한 형태로 전유
하여 궁극적으로 텍스트에서 주체나 중심의 흔적을 지
우는 방식의 시 쓰기를 수행한다. 프랑스의 철학자 막심
로베르Maxime Rovere는 스피노자에 관한 자신의 저작에
'스피노자와 그의 친구들'이라는 흥미로운 제목을 붙였

다. 한 철학자의 삶과 철학을 조망한 책 제목에 '친구들'이 등장한다는 것은 스피노자의 사상이 한 개인의 산물이 아니라 다양한 관계의 결과물이라는 의미이다. 김영찬의 이 시집도 마찬가지이다. 이 책의 곳곳에 등장하는 수많은 예술가와 사상가는 시인의 시 쓰기에 직간접적으로 영향을 끼친 존재들이며, 이런 점에서 시인의 친구들이라고 불러도 무방하다. 요컨대 김영찬의 시는 주체/중심 없는 상태에서 다양한 목소리가 뒤엉킨 상태에서 발화된 기표들의 직조물, 즉 퀼트quilt 내지 헤테로토피아적Heterotopia 공간이라고 말할 수 있다. 미셸 푸코의 말처럼 헤테로토피아가 다른 모든 공간에 대한 이의제기라면 김영찬의 시집은 다른 모든 시詩에 대한 이의제기라고 말할 수 있다. 여기에는 주체나 중심이 존재하지 않는다. 오로지 시시각각 분열하는 언술이, 그 결과에 따라 파편처럼 흩뿌려져 있는 언표가 있을 따름이다.

김영찬의 시에는 우리가 시詩라는 말에서 응당 기대하는 것들이 거의 존재하지 않는다. 가령 그의 시에는 심리적 상처나 그것을 위로하는 목소리가 없다. 그에게 시는 독자를 위로하거나 감동을 선사하는 것이 아니다. 그의 언어는 감동이나 위로보다는 전쟁, 특히 언어의 층위에서 펼쳐지는 전투에 가깝다. '대중의 취향에 따귀를 때려라'라는 마야코프스키의 말처럼 김영찬의 시는 대중의 기호나 취향을 의도적으로 배반하는 듯하다. 또한 그의 시에는 독자들의 관음적 시선을 만족시킬 내적 고백이나 가족사에 대한 정보 같은 것이 없다. 그의 시는 개인적 상처나 결핍 따위에 관심을 두지 않으므로, 결핍보다는 이미-항상 흘러넘치는 욕망의 연쇄적인 질주에서 출발하므로, 그것들을 승화시키는 카타르시스 장치를 갖고 있지 않다. 요컨대 그의 시는 김소월, 정지용, 서정주, 백석, 기형도를 거쳐 오늘날에 이르는 한국시의 계보에 대한 부채負債가 없다. 대신 그는 유럽적인 것, 혹은 그것의 영향을 받아 만들어진 비非한국적인 것에 친연성을 느낀다. 벨기에 태생의 프랑스 시인 앙리 미쇼는 자신이 태어나고 성장한 곳이 아니라 남아메리카와 아시아 같은 비非서구 문화에 관심을 가진 것으로 유명하다. 프랑스의 철학자 질 들뢰즈는 프루스트의 말을 빌려 "좋은 책들은 일종의 외국어로 씌어진다."라고 말한 적이 있다. 앙리 미쇼의 비非서구, 질 들뢰즈의 외국어는 위대한 예술이 예술가가 속한 문화적 전통이나 계보에 대한 충성이 아니라 배반을 통해 성취된다는 사실을 지적하고 있다.

김영찬의 시 역시 매우 적극적으로, 분명한 방식으로 한국시의 전통에 대한 무관심을 표현하고 있다. 오히려 그의 시는 초현실주의와의 친연성을 드러낸다. 이러한 시적 태도는 두 가지 사실을 전제한다. 하나는 김영찬의 언어가 깊이(심층)가 아니라 표면을 중심으로 기능한다는 것, 따라서 '의미'로 낙착되는 언어가 아니라는 것이다. 다른 하나는 시작 방식이 무의식적 자동 작용, 즉 자동기술법Automatism에 기초하고 있다는 것이다. 물론, 초현실주의적 자동기술이 온전히 무의식의 산물은 아니다. 앙리 미쇼는 "자동기술은 무절제다."라고 주장했으나 시작詩作이 쓰기와 선별/퇴고의 이중적 절차로 이루어지는 한 의식의 개입은 필연적이다. 이 무의식과 의식 사이의 간극間隙으로 인해 우리는 잠시나마 의식 저편의 세계를 엿볼 수 있다.

    이런 날
    이티비티 티니위니 비터브 타임*itty bitty teenie weenie bit of time*
    흥진이반興盡而反이면 뭘 어떻고

    뜬금없는

    스웩*swag*
    스웨기*swaggie*
    스웨거*swagger*들의 실력 없는 거들먹거림

    밤을 모르는 부랑아들은 아무도 모르는 밤에 아무것도 모르지 단지

    밤을 좋아해야 할 이유를 묵살하고
    아, 아낭케*ANATKH*
    밤에

밤의 블랙박스를 발로 걷어차며 삐뚤삐뚤 걷는다
걷다가 허풍쟁이와 만나면 밤길에
최대한의 허장성세
가령 자투리 시간까지 빈 술병 비워내는 간다르바
gandharva,
건달바乾達婆들의 핑계 좋은 일탈
살찐 엉덩이만 흔든다

이런 때 나는 각촉부시刻燭賦詩,

모든 걸 차치하고 사타구니에 불길 솟는 기분
마이아스트라Maiastra에 황금빛 날개를 접은 '금의 새'
처럼 웅크리고
포란抱卵하는 시를 쓴다

교령회交靈會의 스마우그Smaug the Golden들처럼 SF무
대를 단박에
  장악하는 시
    그래, 세상을 제멋대로 내 맘대로 재구성해야 직성이
    풀리지
    아마도, 아마 느그들 뜻대로 그렇게 되진 않겠지
    그렇게는 안 될 거야, 아마도 아마
    느그들 멋대로

홀대받는 외지인 포가니Pogany는 루마니아 태생
그녀의 촌스럽게 쪽찐 머리 시뇽chignon의 정결함, 절박

한 상황에도
　　　두 손 모은 숭고미
　　　나는 왜 그토록 염결한 초절주의에
　　　둔감할까

　　　－조타수 없는 방향타
　　　　　－「아낭케anatkh, 밤의 피크닉상자를 열고」 부분

　이 시는 김영찬의 시적 지향을 분명하게 보여준다. 앞에서 우리는 무의식과 의식 사이의 간극間隙에 관해 이야기했다. 작품이 시인의 퇴고를 거쳐 발표되는 한 자동기술에는 일정한 한계가 존재할 수밖에 없다는 것이다. 우리는 이 시가 처음 창작되었을 당시의 원형적인 모습을 확인할 수 없다. 하지만 이 작품 또한 무의식과 의식이 뒤섞인 상태라고 추론할 수는 있다. 먼저 이 시의 제목에 대해 살펴보자. 모리스 블랑쇼는 『문학의 공간』에서 '밤'을 두 가지로 구분했다. 낮의 건축물인 "최초의 밤"과 모든 것이 사라졌다가 다시 나타나는 "또 다른 밤"이 그것들이다. 블랑쇼는 초현실주의자가 아니지만 그가 말하는 "또 다른 밤"은 초현실주의가 주목했던 '무의식'의 영역과 유사하다. 그것이 의식과 이성의 바깥이라는 점에서 그렇다. 이 시에서 '밤'은 낮의 반대편에 존재하는, 그리하여 낮의 연장이라고 말할 수 있는 시간으로서의 밤이 아니라 '낮'과 완전히 다른 질서로 작동하는 세계이다. 블랑쇼는 그러한 '밤'에 죽음의 이미지를 부여했는데, 여기에서 시인은 그것에 '피크닉상자'라는 기호로 표상되듯이 유희/놀이의 이미지를 부여하고 있다. 요컨대 시인에게 '밤-무의식'의 세계는 피크닉의 세계이다. 따라서 이 시의 언표들은 피크닉상자에서 *끄집어낸* 것들인 셈이다.

'피크닉'은 유희의 세계이다. 그것은 이성/논리의 질서에 속하지 않는다. 이것은 이 시의 언표들이 이성/논리의 산물이 아니라는 의미이다. 그렇다면 시에서 이성/논리의 질서를 따르지 않는다는 것, 또는 유희의 방식을 따른다는 것은 어떤 의미일까? 그것은 이 시에서 언어/기호가 논리적 연관성, 나아가 의미의 층위에서 작동하지 않는다는 뜻이다. 그 구체적 증거가 바로 "이티비티 티니위니 비터브 타임*itty bitty teenie weenie bit of time*"이라는 진술이다. 이것은 읽기에 따라 음악적 효과를 연출할 수는 있어도 '의미'의 층위에서 접근할 수 있는 진술이 아니다. 그러니까 독자는 이 구절을 읽고 '이게 무슨 뜻이야?'라고 질문해선 안 된다. 왜냐하면 이것들은 특정한 의미를 전달하기 위해 배치된 의사소통의 수단으로서의 언어가 아니기 때문이다. 실제로 이 단어들에는 어떠한 의미도 담겨 있지 않다. 말 그대로 이것은 (언어)유희일 뿐이다. "스웩*swag*/스웨기*swaggie*/스웨거*swagger*들의 실력 없는 거들먹거림"이라는 진술도 마찬가지이다. 독자들은 '스웩*swag*'이 젊은 세대, 특히 레퍼들이 자신의 스타일과 개성을 표현하기 위해 즐겨 사용하는 용어로서 흔히 '허세'나 '자유분방함'이라는 의미로 통용된다는 사실을 알고 있을 것이다. 대중문화 평론가들에 따르면 이 단어는 원래 '약탈품'이나 '전리품'을 의미하는 단어였다. 하지만 이 시에서 '스웩swag'은 이러한 '의미'와 관계가 없다. 그러므로 이 시에서 '스웩swag'이 무엇을 지시/의미하는가를 따지는 일은 전혀 중요하지 않다. 중요한 것은 "스웩swag/스웨기swaggie/스웨거swagger"라는 표현을 잇달아 발음할 때 만들어지는 음악적 성질, 즉 리듬감이다.

　한편 이 시에 등장한 진술들, 가령 "밤의 블랙박스를 발로 걷어차며 삐뚤삐뚤 걷는다" "간다르바gandharva,/건달바乾達婆들의 핑계 좋은 일탈" "그래, 세상을 제멋대로 내 맘대로 재구성해야 직성이 풀리지" 등은 모두 질서를 벗어나는 일탈의 해방감을 겨냥하고 있다. 이처럼 김영찬의 시는 "삐뚤빼뚤"과 "일탈"과 "제멋대로 내 맘대로"를 지향한다. "간다르바gandharva,/건달바乾達婆"라는 구절 역시 건달乾達을 의미하는 산스크리트에서 온 것이라는 사실보다는 그것들을 연속적으로 발음했을 때 느껴지는 음성적·음악적 느낌이 훨씬 본질적인 것이다.

　　어섯을 모르고 '어섣'이라 쓴 뒤 '어섯'으로 고쳐 읽는다.

　　어서 일어나!

어서 말해봐, 어섯이 그것밖에 못하겠니?
어섯 하기만 해봐라 정말 어설피
어설프긴!

어리숙하게도 정작 어섯눈을 뜬 채 어섣에 빌붙었다.

어섣의 섬
외진 섬
갈매기가 푸석푸석 물길질 한다.
모음만 낚아 자음을 차고 오르는 괭이갈매기의
어섯눈 날갯짓

정말 어섯 하다니깐!
수평선 휘청휘청 허리가 휘도록 전례 없이 배부르다.
　　　　　　　　　　　　　　－「어섯이 어섯눈을 뜨다」 전문

　김영찬의 시에서 언어는 끝없이 미끄러진다. 프랑스의
정신분석학자 자크 라캉Jacques Lacan은 기표와 기의의
관계를 '미끄러짐'으로 설명한 바 있다. 이때의 '미끄러
짐'은 기표와 기의, 즉 표시와 의미가 제대로 결합되지
않고 어긋난다는 것이다. 정신분석적으로 이것은 무의
식과 실제 표현된 말이 불일치함으로써 발생하는 현상
이다. 만일 초현실주의적 자동기술법의 언어를 통일한
관점에서 이해하면 김영찬 시에서 언어의 미끄러짐과
같은 논리로 설명할 수 있을 것이다. 하지만 김영찬의

시에서 언어의 미끄러짐은 언어를 '의미'를 중심으로 사용하지 않으려는 의식적인 노력, 즉 이성/의식의 세계에 속하는 언어를 다른 방식으로 전유함으로써 '이성—의식—논리—질서'의 작동을 일시적으로 혼란스럽게 만들려는 실험적 행위의 결과물이다. 이 경우 언어는 '의미'와 '문법'의 지배에서 벗어나야 한다. 이를 위해 김영찬은 의도적으로 단어들의 음성적 자질에 주목한다. 물론 이 시에서 그것은 "어섯을 모르고 '어설'이라 쓴 뒤 '어섯'으로 고쳐 읽는다."라는 진술에 나와 있듯이 사소한 일상적 실수에서 출발한 것일 수도 있다. 화자는 '어섯'이라는 단어를 알지 못한 상태에서 그것을 '어설'이라고 썼다가 '어섯'으로 고쳐 읽는다. '어섯'은 "사물의 한 부분에 지나지 않는 정도"를 의미한다. 하지만 화자는 이 사소한 실수를 바로잡으려고 하지 않고 '어서—어섯—어설퍼—어설프긴'의 연쇄에서 확인되듯이 음성적 유사성에 기초한 말놀이를 이어간다. 그렇다면 이 유희 과정의 끝은 어디일까? 그것을 통해 시인 혹은 독자가 도달하는 지점은 어디일까? 그것은 언어에 대한 새로운 감각, 즉 의사소통의 도구로써 닳고 닳아버려 사실상 무감각해진 도구/수단이 되어버린 언어에 대한 새로운 감각과 '문법'으로 표상되는 권력—질서에서 벗어난 언어의 해방일 것이다.

음성적 유사성을 활용한 언어유희와 새로운 조합/연쇄는 김영찬의 시에서 공통적으로 확인된다. 가령 "색소

폰과 섹스"와 "타락을 타락시켜 터럭의 털끝까지 털어내기 위한/고슴도치 영혼의 깃털"(「타락을 타락시킨 고슴도치의 도취」), "저도요, 라는 이름의 도요새"(「알락꼬리마도요의 갓차Gotcha, 득템력」), "니체가 나체로 날바닥에 눕는다"(「니체의 별」), "우기니까 비가 온다"(「비 오는 날의 우리Suna」), "눈물의 근원지/루스티코/루스티카나 누안淚眼은 누안累安"(「누낭의 뱃길」), "바오바나무는,/바보나무"(「몽곤고나무와 '!쿵 부시맨족!Kung Bushmen'」), "돼지가 되지요/무슨 말씀, 되지가 돼지로 되는 게 쉬워요?/농담합니까,/돼먹지 못한 돼지가"(「경외 경외주의자aweist들」) 등이 대표적이다. 이것들은 동음이의어, 음성적 유사성 등의 다양한 방법을 활용하여 기존의 언어 질서를 뒤흔든다는 점에서 동일한 목표를 공유하고 있다. 초현실주의자들은 언어에 대한 이러한 탈구축적 실험이 인간 정신의 해방과 나아가 새로운 삶을 가져오리라고 믿었다.

테라야마 슈우시寺山修司는 그의 시에서

"사랑이라는 글자와
고양이라는 글자를
바꿔 써 보자."라고 너스레를 떨다가 결국 객사客死로
요절났다

"달 밝았던 그 밤 함석지붕 위에서
한 마리의 사랑을 발견하고

나는 완전히
그대를 고양이하게 되고 말았다"라고 아방가르드적 기지를
발휘한 테라야마 슈우시

"그리고는 브랜디를 한 잔 기울일 적에
사랑은 나의 곁에서 수염을 움직인다"라고 그는 썼지
그랬는데, 분명히

그렇게 쓴 것을 아는데 나는 왜 봄비 흩뿌리는
교대역 13번 출구 앞
한 남루한 커피숍 창가에 맥없이 기대앉아
고양이라는
지독히도 낡아 못 쓰게 된
단어 하나에
그렇게나 깊이깊이 몰두하는가?

지중해의 턱받이 마르마라*Marmara* 해협을 떠돌던 목선처럼
비에 젖어 움푹 팬 물웅덩이
보도블록에 딱딱하게 찍히는 발자국을
사랑의 눈으로 크게 뜨고
그다지도 깔끔히
'고양이하게' 째려만 보았던 이유가 무엇이었을까

　　　　　　　　　　　－「사랑이라는 글자와 고양이라는 글자를
　　　　　　　　　　　　　　　　바꿔 써보자」 전문

테라야마 슈우시寺山修司는 일본의 아방가르드 예술을 대표하는 영화감독이자 시인이다. 예술을 통한 사회 혁명을 꿈꾸었던 그의 예술론은 "평균적 인간을 거부하고, 세계에서 탈출하라!"라는 주장으로 요약된다. 이 시에서 화자는 "사랑이라는 글자와/고양이라는 글자를/바꿔 써 보자."라는 그의 제안을 되새긴다. 그런데 테라야마 슈우시는 왜 이런 황당한 주장을 했을까? 그것은 "고양이라는/지독히도 낡아 못 쓰게 된/단어 하나"라는 진술에 암시되어 있다. 시인에게는 '고양이'라는 단어가 낡아빠진 것으로 인식되고 있으나 '사랑'이라는 단어 역시 그 진부함을 따지기 어려울 정도이다. 그래서 현대의 시인들은 좀처럼 '사랑'이라는 단어를 쓰지 않는다. 굳이 소쉬르나 라캉 같은 이름을 떠올리지 않아도 우리는 언어가 인식을 지배한다는 사실을 알고 있다. 새로운 언어를 발명하는 것이 중요한 이유가 여기에 있다.

하지만 새로운 언어를 발명하는 일은 세상에 존재하지 않는 언어, 가령 신조어나 외계어를 만드는 것이 아니다. 언어는 개인이 마음대로 만들 수 있는 것이 아니기 때문이다. 그동안 진행된 시인들의 실험, 즉 기존의 낡은 언어를 비트는 것, 의도적으로 문법을 파괴하거나 비문(非文)을 쓰는 것, 단어에서 의미를 삭제하는 것, 동음이의어 등을 활용하여 언어를 더듬거리게 만드는 것, 특정한 단어들을 서로 바꿔쓰는 것 등은 모두 새로운 언어를 발명하기 위해 기존 언어-질서를 대상으로 수행한 실험이었다. 물론 이 실험이 아방가르드나 초현실주의의 주장처럼 곧장 우리의 일상에 혁명을 가져온다는 보장은 없다. 하지만 아무런 느낌도 전달하지 못하고 상투어로 전락한 단어에 충격을 가함으로써 그 단어의 의미를 새롭게 생각할 수 있는 계기를 제공하는 것은 문학만이 할 수 있는 일임이 분명하다.

현대의 시인들은 '언어'에 관한 두 가지 문제를 마주하고 있다. 하나는 언어의 불완전성이다. 문학은 언어 예술이다. 하지만 언어에는 무언가를 정확하게 전달하거나 표현하기 어려운 불완전성이 동반된다. 이 불가능성은 문학의 약점/한계인 동시에 근본적 조건이기도 하다. 다른 하나는 언어의 상투성이다. 문학의 언어는 통념/상식에서 벗어나 밀란 쿤데라가 지적한 찢어진 커튼의 이면을 드러내고자 한다. 하지만 현대사회에서 언어는 객관화·상투화되어 한낱 정보 전달의 수단으로 전락해 버렸다. 상징주의에서 초현실주의로 연결되는 유럽의 현대시가 '언어'에 각별한 의미를 부여하는 이유는 문학이 곧 이러한 언어 문제를 돌파하는 유일한 해독제라고 믿었기 때문이다. 이런 맥락에서 김영찬의 시에서 특정한 단어를 다른 단어로 대체하는 낯설게 하기 또한 진부해진 언어, 스테레오타입으로 전락한 언어를 신선하게 만드는 충격 요법 가운데 하나라고 말할 수 있다. 문제는 새로운 언어를 창안하는 이러한 실험이 반복적으로 사용될 수 없다는 데 있다. 초현실주의가 "이제는 문학적 유산의 하나로 환원되고 문학사의 한 장으로 편집되어, 마치 곤충 채집되어 핀에 찔려 있는 나비처럼 하나의 문예사조로 굳어버렸다."(오생근)라고 비판받는 이유도 여기 있다. 실험은 '규칙'으로 인식되는 순간 애초의 의미를 상실한다. 모든 전위예술이 지속되기 어려운 이유가 바로 이것 때문이다. 초현실주의를 포함하는 모든 전위예술은 원칙상 영구혁명이 될 수밖에 없다.

　　나 오늘 밤 새로 집 한 채 지을 것이네

　　창문만 있고 질문은 없는 집
　　손님만 있고 주인 없는 집
　　응답은 있으나
　　주제도 주체도 없어 이상하지만 말 없는 가구를 사들이
고
　　과묵한 벽면을 색칠해야지

　　꽃 피울 유실수와 그늘 푸른 관목들

　　날아가서 돌아오지 않을 새들을 위한 둥지들을 글쎄
　　꾸며놔도 나쁠 거야 없지
　　그래야겠네
　　불필요한 질문과 쓸데없는 대문은 생략했지만

　　누구나 함부로

156

지붕 뜯고 들어와
한참을 울다가도 아무 상관 없는 집

있어도 없는 집
없어도 좋은 집
처음부터 끝까지 울타리는 없지만
울타리 둘러치고 앉아
담장 밖의 바람 소릴 끌어모으기 아주 편한 집

푹신한 소파에 기대 잠깐 가면을 취해도 햇살 달려와
이불 덮어주는 집
때 되면 달빛 출렁 창문 흔들어
커튼 가려주고
꿈결에 흔들린 꿈들이 푸른 원고지에 검은 잉크를
풀어놓는 집

가정법 과거완료가 아니라 눈 깜빡거리는 이 순간의
현재완료 진행형으로 가용 가능한
가상의 힘

밤이면 밤마다 나 집 한 채 지었다가 허물고
또다시 꾸미며 살아왔네
                                    ─「나의 시집」 전문

　　문학적 혁명을 위해 초현실주의가 주목한 방법 가운데
에는 '환상'이나 '꿈'처럼 현실이라는 중력이 작동하지 않는 영역도 존재한다. 프로이트의 정신분석에서 '꿈'이 갖는 위상을 떠올려 보자. 프로이트에 따르면 '꿈'은 무의식의 소망을 충족하기 위해 만들어진 세계이다. 그것은 낮—이성의 세계에서는 실현되기 어려운 욕망이 펼쳐지는 무의식의 세계이다. 김영찬의 시에는 이런 무의식의 세계와 연결되는 시공간이 빈번하게 등장한다. "좋은 친구 곁에서 누리는 최고로 사치스런 행복/곤드레만드레/취중 환상을 피해 갈 이유가 없지!"(「후마니타스의 포도주」)라는 진술에서의 "취중 환상" "나는 치솟아 꿈틀거리는/꿈길에 시를 쓴다"(「불쑥 솟아오르는 *still-life*, 정물화」)라는 진술에서의 "꿈길" 등이 대표적이다. 보들레르가 「인공낙원」에서 인간의 의지/의식을 약하게 만들고 상상력과 창조성을 높여준다는 이유로 대마초의 일종인 해시시Hashish를 예찬한 이유도 이러한 무의식의 문제와 무관하지 않다. 초현실주의의 실험이 그러하듯이 예술가들은 현실이 억압하고 있는 진정한 세계의 형상을 드러내기 위해서는 도덕과 상식, 법과 질서, 이성과 논리 같은 '낮'의 지배에서 벗어나야 한다고 주장했다. 그리고 프로이트의 정신분석은 환상, 꿈, 술, 약물 등에서 인간이 이 이성과 논리의 밑바닥, 이른바 현실 법칙이 억압하고 있는 무의식의 세계와 마주하는 순간을 발견했다.

인용시 「나의 시집」은 이번 시집에 수록된 작품 가운데 '의식'의 흔적이 비교적 분명하게 드러나는 작품이다. 이런 점에서 초현실주의의 문학적 혁명에 관심이 없는 독자들에게도 이 시는 인상적으로 읽힐 듯하다. 이 시는 작품이면서 동시에 시론詩論이라고 말할 수 있다. 이 시의 제목은 "나의 시집"이다. 여기에서 '시집'은 여러 편의 시가 수록된 책으로서의 '시집詩集'이 아니라 '시=집'이라는 비유의 산물처럼 보인다. "나 오늘 밤 새로 집 한 채 지을 것이네"라는 진술에서 알 수 있듯이 화자에게 '밤'은 '집'을 짓는 시간이다. 시인은 "시 쓰기=집 짓기"라는 등식에 근거하여 매일 밤 수행하는 시 쓰기를 집 짓기에 비유하고 있다. 그렇다면 이 시에 등장하는 '집'이라는 기호를 '시詩'라고 바꿔 읽어도 좋을 듯하다. 그런데 시인이 밤마다 짓는 '시=집'에는 몇 가지 특징이 존재한다. "창문만 있고 질문은 없는 집/손님만 있고 주인 없는 집/응답은 있으나/주제도 주체도 없어 이상하지만 말 없는 가구를 사들이고/과묵한 벽면을 색칠해야지"라는 구절이 그것이다. 여기에서 '창문'은 외부성을 의미한다. "누구나 함부로/지붕 뜯고 들어와/한참을 울다가도 아무 상관 없는 집"이라는 진술이 함축하고 있는 것이 그것이다. 외부성이란 바깥, 타자, 낯선 것 등에 열려 있다는 것, 따라서 내부적·유기적인 통일성을 지향하지 않는다는 의미이다. 예술작품이 이러한 외부성을 지향할 때 작품에 대한 해석의 권리는 '작가=주인'에게서 '독자=손님'에게로 넘어간다. 이것은 자신이 만든 집을 독자의 마음대로 해석해도 좋다는, 따라서 유일무이한 해석의 가능성을 고집하지 않겠다는 시인의 태도를 간접적으로

보여준다. 시인에 따르면 이러한 '시=집'의 세계에는 "주제도 주체도 없"다. 그것은 "꿈결에 흔들린 꿈들이 푸른 원고지에 검은 잉크를/풀어놓은 집"일 뿐이다. '주체'가 없다는 것, 그것은 자신의 시편들이 의도의 산물이 아니라는 것, 작품을 구상한 것이 자신이 아니라 '꿈'이라는 뜻이다. 프로이트의 용어로 바꿔 말하면 시인이 밤마다 짓는/꾸는 '시=집'의 주체는 무의식이라고 말할 수 있다. 다만 이러한 시적 지향을 통해 시인이 강조하려는 바가 정신분석학은 아니므로 김영찬의 시를 프로이트의 개념들에 대한 예증으로 읽는 것은 피해야 할 것이다. 시인은 '현실'이 아니라 '꿈'과 "가상의 힘"을 신뢰하는 존재이다. 이런 점에서 밤마다 "집 한 채 지었다가 허물고/또다시 꾸미며 살아"가는 시인을 "아나키스트anarchist"(「아낭케anatkh, 밤의 피크닉상자를 열고」)라고 불러야 하지 않을까.